밥만 먹고 레벨업

박민규 게임 판타지 장편소설

WISHBOOKS GAME FANTASY STORY

KB012697

4

박민규 게임 판타지 장편소설

초판 1쇄 찍은 날 | 2019년 11월 11일
초판 1쇄 펴낸 날 | 2019년 11월 18일

지은이 | 박민규
펴낸이 | 권태완 우천제

기획 | 위시북스
편집책임 | 한준만
편집 | 위시북스

펴낸곳 | ㈜케이더블유북스
등록번호 | 제25100-2015-43호
등록일자 | 2015. 5. 4
KFN | 제2-8호

주소 | 서울시 구로구 디지털로31길 38-9, 401호
전화 | 070-8892-7937 팩스 | 02-866-4627
E-mail | fantasy@kwbooks.co.kr

ISBN 979-11-293-4242-3 04810
　　　979-11-293-4001-6(set)

박민규 게임 판타지 장편소설
WISHBOOKS GAME FANTASY STORY
밥만 먹고 레벨업
4
Wish Books

CONTENTS

1장
잡캐의 시작(2)

박 팀장과 이민화가 이야기를 나누고 있었다.

"정말 딸아이 때문이 맞는 것 같은데?"

"저도 그렇게 생각해요."

헤파스의 후예, 혜민아빠. 그는 운영자들에게도 관심의 대상이었다. 운영자들은 그가 최고의 아티팩트를 제작해 냈다는 사실을 알고 두 번째로는 어떤 것을 만들지 기대하며 지켜보고 있었다. 하지만 그는 갑자기 접속을 종료하더니 거의 3개월가량 행방이 묘연해졌다.

그리고 다시 접속했을 땐, 딸과 함께 나타났다.

운영자들은 모니터링으로 혜민아빠와 대장장이 론의 대화를 듣고, 어째서 그가 딸과 함께 나타났는지 알 수 있었다.

"그 3개월 동안이 수술 기간과 치료 기간이었던 것 같아,

지금도 혜민이라는 아이가 병원에 있다고 하니까."

"……휴, 참 안타깝네요."

"그렇지, 백혈병 치료의 후유증 때문에 음식을 받아들이지 못하니. 마음고생이 심할 거야. 그래도 아이가 완치되었다고 하니 기쁘지만."

"그래서 민혁 유저한테 괜히 고마운 거 있죠?"

이민화의 말에 박 팀장은 고개를 주억였다. 운영자로서가 아니라, 한 명의 사람으로서, 어른으로서.

론이 어째서 민혁과의 친밀도가 올랐는지 그들은 알았다. 아이와 놀아주었던 민혁. 그 덕분에 밝아진 아이의 모습을 보며 두 사람도 절로 미소를 지었으니까.

"그것보다 혜민아빠가 얼마 전에 얻은 재료 있잖아."

"아, 그리폰의 영혼 말씀이시군요."

그리폰의 영혼. 대장장이들이 무기, 혹은 방어구를 제작할 때 쓰는 재료 중 하나로 값어치를 매길 수 없는 고대의 재료이다. 그것을 혜민아빠가 얻었다.

"그 재료와 혜민아빠라면 드래곤 소드보다 더 뛰어난 아티팩트가 제작될 것 같은데, 뭘 만들어낼지도 궁금하단 말이야. 물론 당분간은 그럴 일이 없어 보이지만."

당분간은 그럴 일이 없어 보였다. 혜민아빠는 현실에서 다양한 의사들을 만나며 혜민의 병을 치료할 방법을 찾는 중인 것 같았고, 접속하면 혜민을 챙기기에 급급한 편이었다.

"휴, 이 이야기는 뒤로하고. 민혁 유저가 이번에 받은 퀘스트. 명성도를 얼마나 채우려나."

"한 50% 정도 채우지 않을까요?"

"나도 얼추 그 정도 보는데, 이 유저 변수가 너무 많아서……."

박 팀장은 말끝을 흐렸다.

이민화도 동감했다.

론의 재계약 관련 퀘스트는 언젠간 발발될 퀘스트였다. 본래 이런 시나리오는 아니었지만, 거래 상인들이 그에게서 등을 돌린다는 식의 설정이 있었다.

다른 이들과 친밀도를 쌓고 재계약을 따내는 건 매우 어려운 일이었다. 사실상 널리고 널린 게 대장간이기 때문이다. 한데, 한번 믿음을 잃은 이와 재계약을 하게 해야 한다는 것.

"80%가 되면 스페셜 전 요리 세트를 얻게 되는데……."

스페셜 전 요리 세트! 사실 30%만 채워도 전 요리 세트를 받을 수 있다. 하지만 스페셜 전 요리 세트는 훨씬 더 특별하고 맛있으며 뛰어난 재료를 얻을 수 있다는 것.

"그럼 100%가 되면요……?"

"……더 엄청난 보상이 주어지지."

구급약 상점 주인 매캔. 그녀는 의자에 앉아 있었다.

'어디 대장간과 새로 계약해야 하지? 솜씨는 론이 좋긴 했는데.'

하지만 그의 괴팍한 성격에 이제는 확실히 돌아서기로 한 그녀다.

그렇게 곰곰이 생각하던 중, 한 청년이 기웃거리는 게 보였다.

"무슨 일이시죠?"

그녀는 생산직 능력 중 하나인 '초급 붕대'를 가르쳐 주기도 하는 지킴이였다. 그 때문에 유저들이 기웃거리는 것은 흔한 일.

하지만 얼마큼의 회복이 가능한지를 알고 나서 등을 돌리는 자들이 태산이었다. 붕대 감기로 회복되는 회복량은 정말이지 적었다. 거기에 회복 시간도 꽤 걸려 많은 사랑을 받지 못했다.

앞의 정체 모를 사내는 무언가를 우물거리고 있었다. 자세히 보니 이 인근 상점에서 팔고 있는 호떡이었다. 종이컵에 호떡을 담아 우물우물 먹는 청년. 그리고 그의 다른 손에는 아주아주 커다란 검은색 비닐봉지가 들려 있었다.

"안녕하세요. 론 님의 부탁으로 왔습니다."

"론이요?"

그 말을 듣자마자 매캔의 눈이 가라앉았다.

"설마 다시 재계약을 하자 이런 건 아니겠죠?"

"헤헤, 론 님께서 정말 죄송하다고 전해달라고 하시더군요."

"홍, 됐어요. 안 해요. 그 사람보다 더 실력 있는 대장장이가 얼마나 많은데."

"휴…… 그런가요?"

그렇게 말하면서 사내는 호떡을 야무지게 우물거렸다. 그러면서 말했다.

"마음씨도 곱고 얼굴도 아름다운 매캔 님이 이렇게 매몰차시다니."

"후후, 그런 아부 따윈 안 먹힌다고요."

"……"

사내는 흠칫한 표정으로 보았다. 그러더니, 굉장히 고민하는 표정으로 호떡을 계속 야금야금 먹었다. 먹을 때마다 입안 가득 달콤한 호떡의 꿀이 흐른다.

매캔은 자신의 입에 호떡을 넣었을 때를 상상해 봤다.

'막 만든 호떡을 씹으면 그 안에서 정말 뜨겁고 달콤한 설탕이 비집고 나와 혀를 델 수도 있지, 하지만 저 쫄깃쫄깃한 호떡을 입에 넣으면 정말 맛있다는 거야…….'

꾸울꺽-

그녀는 자신도 모르게 침을 삼켰다.

'어라? 왜 이러지? 저렇게 흔하게 먹을 수 있는 호떡을 가지고?'

자신도 돈이 있다. 사 먹을 수 있다! 그런데 어째서 이렇게 반응하는가.

"와구와구. 흐음, 정말 다른 방법이 없을까요? 제가 이렇게 부탁드립니다."

사내는 호떡을 먹으면서 말했다. 그는 단숨에 몇 개를 해치우고 비닐봉지에 담겨 있는 호떡을 꺼냈다. 놀라운 건.

'저 쌀 20kg을 담은 것 같은 봉투에 호떡이 꽉 차 있다는 건가?'

그렇게 넋을 잃고 떠나지 않는 사내를 보던 매캔! 그녀는 안 그래도 다이어트 중이었다!

그런 그녀가 결국 참지 못하고 가게를 뛰쳐나가 호떡 가게로 향했다.

"하덴 님, 호떡 3개만 주세요."

"죄송합니다. 매캔 양. 오늘 호떡은 아까 어떤 이방인이 다 사 갔어요."

"지, 지금 먹고 싶은데⋯⋯!"

매캔은 경악했다. 그리고 알 수 있었다.

'서, 설마⋯⋯. 그래, 그는 가지고 있었던 거야, 남을 배고프게 만드는 엄청난 능력. 그걸 알고 모든 호떡을 매입해서 화해하도록 유도하는 거지!'

세상에! 그런 능력을 가진 이방인이라니. 그토록 치밀한 사람이라니! 매캔은 자신의 가게로 돌아왔다.

사내가 푸념하듯 말했다.

"휴, 호떡도 다섯 개밖에 안 남았네. 와구!"

그는 그렇게 말하며 또다시 호떡 하나를 먹는다. 사내의 그 노린듯한 말이 매캔을 긴장하게 만들었다.

이윽고 두 개째를 먹는 사내.

'아, 안 돼! 호떡을 다 먹어버리지 마!'

매캔은 그를 바라봤다.

재계약하지 않겠다니, 라고 중얼거리며 씁쓸한 표정을 짓는 그! 그는 그렇게 말하면서 또다시 호떡을 꺼내 야무지게 먹었다.

"와구, 그럼 어쩔 수 없죠. 안녕히 계세요."

그렇게 말하며 몸을 돌리던 때, 매캔은 볼 수 있었다. 마지막 남은 두 개의 호떡 중 하나의 호떡에 손을 뻗는 그를!

"저, 저기요!"

"네?"

"저한테 호떡 하나만 파시면 안 될까요?"

"……?"

민혁은 의아한 표정을 지을 수밖에 없었다. 다른 것도 아닌 호떡을 팔라니? 갑자기 무슨 소리란 말인가?

"당신한테 졌어요. 당신이 가진 그 힘, 정말 대단하군요. 마치 세이렌한테 홀린 사람이 된 기분이었습니다."

"?"

민혁은 이 사람이 뭐라고 하는 거지? 하는 표정을 지었다.

'그보다 호떡을 달라니?'

민혁은 상황 판단을 빨리했다.

추운 날, 종이컵에 넣은 상태로 야금야금 먹으면 맛있는 호떡! 저 여자가 그 호떡을 노린다!

"안 됩니다. 이 호떡만은!"

"하나만 파세요, 지금 저를 홀려놓고 왜 안 된다고 하시나요!"

"제가 언제 홀렸나요!"

"홀렸잖아요! 호떡도 다 사 가시는 치밀함을 보였잖아요!"

'내가 언제!'

민혁은 호떡이 맛있어서 먹었기에 억울할 뿐이었다. 그러다 문득 든 생각이 있었다.

"혹시 배고프신가요?"

"네, 안 그래도 다이어트 중이었는데, 그쪽 분 때문에 큰일 났어요."

"그럼 제가 호떡을 구워드릴게요. 대신에 맛있게 드셨으면 론 씨와 다시 재계약해 주세요."

"큼큼, 그건 생각해 볼게요."

"그럼 잠시만 기다리세요!"

민혁은 재빠르게 걸음을 옮겼다. 그리고 호떡 믹스 가루를 구매해 왔다.

'그래, 생각해 보니 내겐 남들과 친해질 방법이 있었지!'

자신의 버프 능력. 그걸 이용하면 된다. 그리고 자신은 요리 또한 남들보다 잘하지 않던가.

호떡이 정말 먹고 싶었었던 듯, 매캔은 순순히 가게 안쪽으로 들어오는 것을 허락했다.

재료 준비는 호떡 믹스를 사 왔기에 쉬웠다.

일단 믹스를 볼에 붓고 미지근한 물 180㎖를 넣은 후에 비닐장갑을 끼고 조물조물 반죽한다. 그다음, 1시간 정도 숙성을 시켜줘야 하는데, 그 남는 시간 동안 민혁은 자신이 해야 할 또 다른 일을 알았다.

"저 기다리는 동안 초급 붕대를 배울 수 있을까요?"

"이방인이 배울 수 있는 비전투직 스킬은 한정적이에요. 신중히 하시는 게 좋을 겁니다."

200레벨까지는 1개, 400이 되면 2개다. 하지만 민혁은 무한으로 배울 수 있어 상관없었기에 다시 말했다.

"꼭 배우고 싶어요!"

그에 매캔은 고개를 주억였다.

"그럼 10만 골드를 받겠습니다."

초급 붕대는 외면받는 편이었지만 그래도 익힌 이들이 아예 없진 않았다. 미미한 효과를 가졌지만, 회복력을 올려준다는 것은 분명히 좋은 것이었기 때문. 또한, 초급 붕대를 배우는 방법은 매우 쉬운 편에 속하기도 했다.

[붕대 숙련도를 100%까지 채우시기 바랍니다.]

곧이어 매캔이 조그마한 마네킹 앞에 다가갔다.

"마법이 걸린 마네킹입니다. 이렇게 칼로 베면."

그녀가 칼로 베자 마네킹이 실제 사람의 살이 패인 것처럼 벌어졌다.

"이 상태에서 여기에 붕대를 이렇게 꼼꼼히 감아주시면 됩니다. 이걸 계속 반복하시면 익히실 수 있을 거예요! 자, 한번 해보세요."

"예!"

민혁은 고개를 끄덕이며 마네킹을 칼로 그었다. 그러자 베인 부분이 상처처럼 벌어졌다. 물론 피는 나오지 않았다.

그는 곧바로 벌어진 상처에 붕대를 감기 시작했다.

그리고 알 수 있었다. 붕대 감기를 시작하자, 어디를 감아야 할지가 그의 눈에 보인 것이다.

민혁은 의아한 표정을 지었다.

"원래 이렇게 붕대 숙련도를 올릴 때, 어디를 감아야 할지가 보이나요?"

"에? 그게 무슨 소리죠?"

"아, 아닙니다."

민혁은 일반적인 상황이 아니라는 것을 알 수 있었다.

그 표시를 따라 붕대를 감자, 손이 노련하고 빠르게 움직였다. 마치 급박한 상황을 자주 마주해 본 구급대원처럼!

'왜, 왜 이렇게 잘하지?'

민혁은 처음 해본 것치고 정말 잘했다.

붕대를 감는다. 물론 그냥 감기만 해도 된다. 하지만 얼마나 빈틈이 없는지, 어떻게 감아야 더 잘 나을지는 숙련도에 따라 다르다. 한데, 민혁은 정말 잘 감았다는 거다.

민혁은 알 수 있었다.

'아⋯⋯! 맞다, 손재주 스텟이 900개에 근접했지?'

단 며칠 사이에 손재주 스텟이 비약적인 상승을 했다. 황궁에서 부대찌개로 180개를 올렸고 요리사의 탑에서 300개를 올리지 않았던가? 빠르게 올릴 수밖에!

손재주는 맛을 올려주는 것처럼 정말 다양한 것에 영향을 끼친다. 그리고 민혁의 손재주 스텟 정도면 어지간한 것은 모두 커버가 되는 것이었다.

[붕대를 꽤 잘 감았습니다.]
[상처 회복률이 1% 상승합니다.]
[회복 시간이 조금 빨라집니다.]

그리고 추가 효과에 이르렀다. 이는 쉽게 보면 공격할 때의 '치명타'와 같았다.

치명타는 운을 비롯한 다양한 것에 영향을 받는다. 치명타가 터지면 더 높은 대미지가 들어가지 않던가? 그처럼 붕대를 잘 감자 치명타가 터진 것처럼 치료 효과가 더 상승한 것이다.

이것은 민혁에게 앞으로 빈번하게 있을 일이었다. 손재주 스탯이 높은 만큼 항상 더 좋은 결과를 만들어내는 게 월등히 쉬워지는 것.

'호오, 손재주 스탯이 내 생각보다 정말 유용하구나! 한데, 왜 이 좋은 것에 사람들은 소홀하지?'

민혁은 고개를 갸웃했다. 그리고 이어 숙련도를 확인해 봤다.

"20%가 올랐네요, 와 초급 붕대 감기 금방 익힌다더니, 사실이었네."

"에?"

매캔은 그게 무슨 소리냐는 표정이었다.

붕대 감기가 배우는 게 아무리 쉬워도 한 번에 숙련도 2%씩 올라 50번 정도는 반복해야 완전하게 초급 붕대를 익힐 수 있다. 그런데 한 번에 20%라니?

"진짜예요?"

"네."

"아……. 첫 붕대 감기를 너무 잘해서 특혜를 받은 건가 봐요. 하지만 아무리 그래도 그렇지…… 한 번에 20%가 올랐다는 사람은 처음 보는데."

잘하는 만큼 숙련도가 더 빨리 오르는 것은 당연한 사실!

민혁은 다시 붕대 감기를 반복했다. 이번엔 10%의 숙련도가 올랐고, 계속하니 12%, 14%. 이런 식으로 초급 붕대의 숙련도가 엄청나게 빠르게 올랐다.

그러던 중, 한 번의 붕대 감기가 정말 감탄이 나올 정도로 잘 감겼다.

[붕대를 최고로 잘 감았습니다.]
[상처 회복률이 2% 상승합니다.]
[회복 시간이 매우 빨라집니다.]
[손재주 1을 획득합니다.]

그와 동시에 숙련도는 한 번에 약 30%가 올랐다.
그리고 이어서.

[초급 붕대를 익히셨습니다.]
[손재주 15를 획득합니다.]
[손재주 스텟 900을 달성합니다. 손재주에 관련한 모든 스킬의 능력이 10% 더 향상됩니다.]
[손재주 스텟의 영향을 받아 초급 붕대의 능력치가 60% 더 향상됩니다.]
[손재주 스텟 1,000에 도달할 시에 손재주 특혜를 받을 수 있습니다.]

'어라? 손재주 특혜라?'
현재 손재주 스텟이 100 오를 때마다 모든 손재주 관련 스킬이 10%씩 좋아지고 있었다. 이것도 특혜였다.

그런데, 다른 특혜라니? 매우 기대되는 이야기였다.

민혁은 곧바로 초급 붕대를 열람해서 확인해 봤다.

(초급 붕대)

패시브 스킬

레벨: 1

효과:

- 상처 회복률+1%+0.6%
- 매우 느린 속도로 천천히 회복된다. (0.6배 가속)

'확실히 레벨이 낮은 초급 붕대의 효과는 정말 미미해. 하지만 난 1.6배로 회복시킬 수 있지.'

배로 늘어나는 힘은 매우 크다. 알기로 초급 붕대가 진화해 중급에 이어 고급에 이를 단계가 되면 상처 회복이 거의 10% 가까이 된다고 들었다.

그렇게 되면? 민혁은 16%의 효과를 보는 거다.

"다 익혔어요."

"빠, 빠르네요. 믿을 수 없어……."

매캔은 정말 감탄한 표정이었다. 아직 1시간도 되지 않았기 때문! 사실 보통의 이방인들은 반나절 이상, 주야장천 붕대만 감고 있어야 했다. 때문에 성질 급한 이방인은 '아, 그냥 안 해!

포션 먹고 말지!' 하면서 나가기도 했다. 초급 붕대는 그만큼 외면받는다. 쓸모는 있지만, 정말 그렇게 큰 쓸모가 있나 하는 느낌이 드는 것!

민혁은 다시 마네킹에 칼을 쓰윽 긋고는 스킬을 시전했다.

"초급 붕대!"

샤샤샤샤샥!

민혁의 팔이 일사불란 움직인다. 스킬을 완전히 터득했기에 자연스레 움직이는 손은 더 빨라졌다.

단숨에 감아내자 알림이 울렸다.

[붕대를 최고로 잘 감았습니다.]

[상처 회복률이 2% 상승합니다.]

[회복 시간이 매우 빨라집니다.]

민혁은 마네킹을 흡족한 표정으로 보았다. 매캔 역시 감탄한 표정으로 마네킹을 보았다.

"마네킹 다섯 개를 구매하겠습니다!"

손재주를 올리면 요리 맛이 더 좋아진다! 그 때문에 민혁은 잡다한 것을 익혀서라도 손재주를 더욱더 빨리 올릴 생각이었다. 붕대 감기도 맛을 올려주는데 한몫하게 될 것이다.

그리고 한 시간이 지났을 때 민혁은 잘 부푼 반죽을 볼 수 있었다.

반죽을 먹기 적당한 크기로 떼어내고 일정하게 편 후에 그 안으로 잼 믹스를 넣어줬다. 잼 믹스는 땅콩 분태와 계핏가루, 설탕과 같은 것이 들어가 있다.

　프라이팬에 기름을 두른다. 기름을 두른 후에 둥글게 만 반죽을 프라이팬에 올린다. 그 상태에서 호떡을 꾸욱 눌러주면 호떡이 둥글게 퍼진다. 그리고 기름과 함께 구워지며 맛있는 소리를 낸다.

　촤르르르르르!

　"헤……."

　매캔은 자신도 모르게 넋을 잃고 호떡이 기름에 구워지는 것을 지켜봤다. 그리고 추운 겨울, 길을 가다가 호떡 마차를 발견하는 상상을 했다.

　'호떡 3개에 얼마예요?'

　'2천 원입니다.'

　'에에? 호떡도 많이 비싸졌네요. 휴, 내 월급은 안 오르고 물가만 오르네. 호떡 3개 주세요.'

　주인아주머니의 호떡을 굽는 노련한 솜씨. 기름에 자글자글 익어가는 호떡을 넋 놓고 바라보게 되지 않던가. 매캔은 지금 딱 그런 기분이었다.

[지금 뒤집는 것이 가장 좋습니다.]

민혁은 식신의 요리습득의 조리법을 들으며 호떡을 뒤집었다.

"와, 뒤쪽 완전 노릇노릇한 거 봐요! 진짜 잘 구우신다."

"후후후후!"

민혁은 회심의 미소를 지었다. 그리고 버프량은 가장 높게 사용했다. 그만큼의 값어치를 하리라고 생각한 것이다.

그는 종이컵에 잘 구워진 호떡 하나를 담아서 건네줬다.

꾸울꺽-

목울대를 움직이는 매캔. 그녀가 입을 벌렸다.

"뜨거우니까, 조심해요!"

"아, 네."

그렇게 답한 매캔은 입을 조심스레 벌렸다. 그러곤 입안에 당장 넣지 않고 치아로만 끊어 먹었다. 호떡을 살짝 깨물자 그 안에서 뜨거운 설탕이 흘러나왔다.

"앗뜨! 허어!"

매캔은 그 뜨거운 것을 입에 넣고 살살 굴렸다. 쫀득쫀득한 밀가루와 달콤한 설탕, 그리고 작게 퍼지는 계피의 향과 땅콩의 식감이 호떡의 맛을 높여준다.

우물우물 씹어서 넘긴 후, 매캔은 눈을 감고 감탄한 표정을 지었다.

'지, 진짜 맛있다……! 어떻게 이렇게 맛있을 수가 있는 거지?'

당연한 것이었다. 민혁의 요리습득은 가장 좋은 요리를 만들 수 있게 도와준다. 거기에 더해 손재주의 맛 상승은 그가 한 요리를 먹은 다른 이들도 영향을 받는다. 그녀는 주르륵 눈물까지 흘릴 기색이었다.

'요리왕 비룡인 줄…….'

감격하는 매캔을 보며 민혁이 한 생각이었다. 그녀의 표정은 당장 등 뒤로 용이 승천해 오르며 '아니, 이 맛은!'을 외치고 눈물을 쏟을 것 같았으니까.

그녀가 호떡을 모두 먹어치웠을 때였다.

[호떡을 먹었습니다.]
[8시간 동안 공격력 5%, 방어력 5%, 활력 3%가 상승합니다.]

"……!"

매캔은 또 한 번 감탄하며 민혁과 호떡을 번갈아 바라봤다.

순간 몸에서 힘이 불끈하고 솟는 듯한 기분이었다. 피곤했던 몸이 한층 녹는 것만 같았다. 그녀가 또 다른 호떡에 손을 뻗으려고 할 때.

"계약은 하실 겁니까?"

민혁이 진지하고 가라앉은 목소리로 물었다.

그에 매캔은 론의 얼굴을 떠올렸다. 그 괴팍스러운 대장장이! 하지만 지금 당장 앞의 호떡이 더 먹고 싶었다. 그에 갈등

에 갈등을 했다.

잠시 후, 그녀가 졌다는 듯 말했다.

"재계약하도록 하죠."

"자, 여기 하나 더 드세요!"

재계약도 일으키는 호떡의 힘!

민혁은 한 명의 재계약을 따내고 밖으로 나섰다. 그다음 향한 곳은 한 농부의 집이었다. 농부는 기운이 없어 보였다.

"아구구, 피곤해 죽겠군, 이 많은 걸 언제 다 따지!"

그리고 민혁은.

"제가 이 옥수수를 전부 따드리겠습니다!"

"이 친구야, 농사라는 것은 자네 세상에서 하는 것처럼 그리 쉽지만은 않아."

"괜찮습니다. 하지만 이걸 모두 딴다면 재계약해 주시면 안 될까요?"

"헹! 어차피 못 할 것 같은데? 뭐, 일단은 그렇게 하지!"

그에 민혁은 빠르게 옥수수를 따기 시작했다.

[옥수수를 획득합니다.]

[옥수수를 획득합니다.]

[손재주 1을 획득합니다.]

[스킬 의지가 발동됩니다.]

[손재주에 관련한 모든 능력이 일시적으로 24% 상승합니다.]

무언가를 향한 강한 집념을 가질 때 발동되는 스킬 의지! 옥수수를 따는 것이었기에 민혁은 집중할 수 있었다. 농부 브레트가 이걸 다 따내면 옥수수 20개를 준다고 약속했기 때문! 물론 중간중간 하나씩 쪄 먹는 것도 잊지 않았다.

그리고 2시간 뒤 브레트가 왔을 땐, 옥수수를 대부분 따놓은 상태였다.

"아, 아니. 이럴 수가! 자네 혹시 중급 농사라도 익힌 것인가? 아니, 아니지. 그것보다도 훨씬 더 빠른 것 같은데?"

손재주에 관련한 스킬의 능력이 1.6배 향상되는 덕에 중급 농사 이상의 속도를 내고 있던 것이었다.

"계약은요?"

"흠흠, 해야지."

거기서 끝이 아니었다. 민혁이 옥수수를 다섯 개만 더 얻고 싶다고 했다. 쩨쩨한 브레트가 거부했지만, 맛있는 옥수수버터구이를 만들어주기로 하고 얻을 수 있었다.

그리고 완성된 요리를 맛본 브레트는.

"아까까지만 해도 피곤해서 죽을 것 같았는데, 몸에서 힘이 솟는군! 아니, 어떻게 옥수수가 이렇게 맛있을 수가 있지?"

감격하며 재계약을 했다. 그리고 옥수수를 열 개 더 얹어 줬다.

민혁은 흐흐 웃으며 생각했다.

'손재주들 정말 유용하구나!'

사실상 그가 올린 손재주는 지금 말이 안 될 정도다. 습득률이 남들보다 4배나 높은 데다가, 먹을 것으로 500개를 올려 1,000을 바라보는 민혁!

"아얏!"

그때 지나가던 한 어린아이가 넘어졌다.

"괜찮니? 자, 형이 치료해 주마. 붕대 감기!

차르르르르!

[붕대를 최고로 잘 감았습니다.]
[상처 회복률이 2% 상승합니다.]
[회복 시간이 매우 빨라집니다.]

"와, 고마워요. 형! 이방인들은 다 불친절하고 나쁜 사람들이라는데, 형은 다른 것 같아요!"

"고마울 것까지야. 형은 저쪽 론의 대장간에 있으니까, 심심하면 놀러 오렴!"

"네에!"

그 말은 '부모님 데리고 계약하러 와!'였다. 민혁은 그렇게 바라스 왕국의 수도를 종횡무진하기 시작했다.

삼 일째가 되던 날. 혜민이는 접속을 종료해서 들어오지 않고 있었다. 그리고 대장장이 론은 삼 일 동안 안에서 무기 제작에 열중하다가 재료를 사러 가기 위해 시장으로 향하고 있었다.

'그 친구는 명성도를 잘 올리고 있으려나? 재계약 하나 따내지 못하고 쫓겨난 것은 아닐지…….'

론이 부탁하긴 했지만, 재계약이란 것은 쉬운 게 아니다. 상대방에게 불신을 느꼈는데, 믿음을 잃은 상태에서 재계약을 하기는 쉽지 않은 일! 그렇게 생각하며 걸을 때였다.

"어? 론 아저씨 안녕하세요."

"음?"

괴팍한 론! 그는 인사를 하는 꼬마를 보며 의아한 표정을 지었다. 꼬마의 옆에 있는 여인은 여관 주인인 넬이었다.

"론 씨 안녕하세요. 다름이 아니라 얼마 전에 론 씨의 친구분이 저희 아이의 상처를 치료해 줬다고 들었어요. 호호!"

"제 친구요?"

론은 곰곰이 생각해 봤다.

'아, 민혁을 말하는 거구나.'

"그랬군요."

"네, 너무 고마워서. 작지만, 의자나 테이블 같은 게 낡아서 제작 의뢰할까 하는데."

"그렇습니까? 그럼 이쪽으로."

4

그는 대장간으로 넬을 이끌고 계약서를 작성했다. 의자 스무 개! 테이블 다섯 개!

'호, 생각보다 잘하고 있나 본데?'

그렇게 생각하며 다시 시장으로 향했다. 또다시 한 여인의 목소리가 들렸다.

"론 씨, 안녕하세요. 얼마 전에 계약 파기하기로 했었는데, 생각해 보니 제가 너무한 것 같더라고요. 다시 물품 납품해 주시면 됩니다."

그녀는 매캔이었다. 깐깐한 그녀가 활짝 웃으며 하는 말에, 그는 엉겁결에 고개를 끄덕였다.

"아아아, 예예…… 제가 죄송하지요. 납품 시간을 어겼으니."

"그리고 참, 민혁 님한테 또 놀러 와서 맛있는 것 좀 해달라고 해주실래요?"

"예? 맛있는 거요?"

"네, 그분의 호떡이 아직도 입안에서 잊히질 않아요~"

"일단은 알겠습니다."

그리고 몇 걸음 못 가서.

"어이, 론! 우리 곡괭이하고 호미가 다 떨어졌는데, 자네 대장간에 좀 맡기지!"

"아, 브레트 씨."

"참, 그리고 그 민혁이란 친구 있지 않나? 그 옥수수버터구이 정말 맛있었는데, 일도 잘하고 싹싹하고. 그 친구, 언제 한번 놀러 오라고 해!"

"아, 예."

그렇게 길을 걸을 때마다 사람들이 한마디씩 던진다. 시장 전체가 마치 민혁의 소굴이 된 듯한 느낌이었다. 그리고 재계약뿐만이 아니라, 새로운 계약들이 빗발치고 있었다.

"도대체 어떻게 이럴 수가 있는 거지? 5년을 여기서 산 나보다 사람들하고 더 친하잖아!"

론은 경악하는 한편, 괜히 서운해졌다.

민혁은 흡족한 미소를 짓고 있었다. 스킬들의 숙련도가 쑥쑥 오른 것도 있지만, 그뿐만이 아니었다. 농사를 지어주거나, 다친 곳을 붕대 감기로 치료해 주고, 맛있는 요리를 해서 사람들의 호의를 사자 맛있는 걸 먹을 기회가 굉장히 늘어난 것! 그에 올라주는 숙련도는 거의 겸사겸사 느낌.

민혁은 열람해서 확인해 봤다.

(중급 농사)
패시브 스킬
레벨: 3
효과:

- 재료 채집, 캐기 등의 속도가 66+39% 더 빨라진다.
- 36+21% 확률로 더 좋은 재료를 획득할 수 있다.
- 3+1.8% 확률로 특별한 재료를 획득할 수 있다.
- 씨앗을 심어 다양한 것을 키울 수 있다.

이어서 초급 붕대. 이는 벌써 4레벨에 이르렀다.

민혁은 시간이 날 때마다 계속 마네킹에 붕대 감기를 사용했다. 그런데 마네킹보다 사람을 치료할 때 숙련도가 더 빨리 오르는 것을 알게 되었고, 마을 사람들을 치료해 주다 보니 숙련도가 일취월장한 것이다.

(초급 붕대)

패시브 스킬

레벨: 4

효과:

- 상처 회복률+1.8%+1%
- 느린 속도로 천천히 회복된다. (0.6배 가속)

초급 붕대는 '매우 느린 속도로 천천히 회복된다.'에서 '매우'가 사라졌다. 즉, 속도가 조금 더 빨라졌다는 의미.

민혁은 대장장이 기술도 익힐 생각이었다. 론이 히든 퀘스트를 완료하면 대장장이 기술을 가르쳐 준다고 하지 않았던가.

대장간에 들어온 그는 론이 또다시 없는 걸 확인했다.

"어디 가셨지?"

고개를 갸웃한 민혁. 그는 고개를 갸웃하곤 자리에 앉았다.

자리에 앉은 민혁은 그 자리에서 요리를 시작했다.

'헤헤, 멜로 씨가 주신 잘 익은 김치!'

멜로는 여관 주인이었다. 얼마 전에 치료해 준 아이의 어머니! 그녀가 민혁에게 무척 잘 익었다는 김치를 주었다. 그리고 그 말처럼 김치는 입에 넣으면 '아으 셔!' 하면서도 계속 먹게되는 맛있는 중독성을 가지고 있었다.

민혁이 지금 할 요리는 바로 김치볶음밥이었다. 김치볶음밥은 남녀노소 누구나 쉽게 해 먹을 수 있고 많은 사람이 좋아하는 녀석이었다. 그저 김치랑 밥에, 참기름을 조금 두르고 볶아 먹어도 맛있는 요리!

민혁은 먼저 김치를 작게 썰었다. 그다음 고슬고슬한 밥을 준비한 후에 프라이팬에 기름을 둘렀다. 그리고 기름이 달궈졌을 때, 계란을 톡 까서 넣었다.

촤르르르르르!

김치볶음밥 위에 얹어진 계란프라이! 이는 거의 화룡점정과 같았다. 매콤한 김치볶음밥의 맛을 부드럽게 잡아주니까.

계란프라이를 열다섯 장 정도 부친 후에 기름을 두른 프라이팬에 김치를 볶았다. 김치가 볶아지는 냄새.

차아아아아아!

거기에 밥을 넣고 꾹꾹 으깨듯이 볶아주고, 기호에 따라 고추장을 한 순가락 푼 후 참기름을 뿌려주면 고소한 김치 볶는 냄새가 더욱더 짙게 풍긴다.

촤아아아아―

볶음밥을 뒤적여 주며 잘 섞이게 해준 후, 맛 좋아 보이는 붉은색 김치볶음밥을 접시에 담고 그 위로 계란프라이를 올려준다. 그러면 완성.

"잘 먹겠습니다!"

수저로 꾹 누른다. 그러면 계란프라이가 수저 부분만큼 분리되고 그 밑의 김치볶음밥까지 퍼진다. 그렇게 푼 후에 입안 가득 넣어본다.

"와구!"

씹으면 고소한 참기름 맛과 잘 볶아진 김치의 맛을 먼저 느낄 수 있다. 매콤하면서도 감칠맛이 난다. 그리고 양념이 잘 배어든 밥알의 맛과 담백하고 부드러운 계란의 맛이 느껴진다. 또 아삭거리는 식감까지. 김치볶음밥은 한국인에게 있어서는 없어선 안 될 음식이란 걸 또 한 번 느낀다.

"크하하, 진짜 맛있다. 와구와구!"

민혁은 빠르게 먹어치우기 시작했다. 그렇게 한참을 먹던 중, 김치볶음밥이 밑바닥을 보이기 시작했다.

그러던 때였다.

"이 똥꾸야!"

익숙한 목소리가 들려왔다. 민혁의 고개가 돌아갔다. 혜민이가 넋 놓고 김치볶음밥을 바라보며 침을 꼴딱 삼키고 있었다.

아산병원 입원실. 그 안의 침대 위에 누워 있는 혜민이는 문 너머로 들려오는 한숨 소리를 들을 수 있었다.

"하아…… 그 말은 저희 아이가 거부감을 느끼지 않을 때까지 기다리는 수밖에 없다는 건가요?"

"그렇습니다. 아직 어린 혜민 양에게 음식이란 것 자체가 '무섭게' 다가오는 것이니까요. 차차 시간이 지난다면 음식을 받아들일 수 있지 않을까 합니다."

"그 '차차'라는 게 도대체 언제인가요. 지금 저 앙상한 내 딸이! ……후우, 죄송합니다. 흥분했습니다."

"이해합니다."

"아빠 똥꾸, 또 힘들어……."

혜민은 그 목소리를 들으며 작은 한숨을 쉬었다. 자신의 얇은 팔뚝을 보았다. 백혈병. 그 병마와 싸워 이겼다. 문제는 그 후로 음식이란 게 혜민이에겐 두렵게 다가왔다.

곧 문이 열리며 그녀의 아버지 이태민이 들어왔다.

"아빠가 바빠서 요즘 함께 못 있어주네."

"괜찮아, 다른 똥꾸가 목말 태워주고 놀아줬오."

"다른 똥꾸?"

"응, 그 똥꾸는 참 이상한 대지야! 삼겹살을 수십 인분을 뚝딱 해치웠다고!"

"호오, 돼지 친구가 생겼구나, 혜민이?"

순간 이태민은 딸아이가 말하는 게 진짜 '돼지'인 줄 알았다. 돼지가 아니라면 그럴 수 있을 리 없으니까.

"근데 그 대지 똥꾸. 사람이다?"

"응?"

태민은 고개를 갸웃했다. 혜민이 말처럼 먹을 수 있는 사람이 있다니! 그 또한 꽤 놀라운 일 같았다.

곧 혜민이 말했다.

"근데 그 대지 똥꾸 착해!"

"친구가 생겼다니, 좋구나."

태민은 빙긋 웃었다. 소심한 성격, 병과의 싸움 이후 변해가는 딸아이. 그런 아이에게 친구가 생겼다.

"그래서 나 지금 대지 똥꾸 만나러 갈래!"

"지금? 안 돼."

"씨잉, 대지 똥꾸랑 놀고 싶다고!"

그에 잠시 고민하던 태민은 고개를 주억였다.

대장장이 론이 고맙게도 혜민이를 잘 봐줬고, 또 혜민이는 그 주위를 벗어나지 않았으니까.

"그럼 조심해서 놀고 있으렴."

"응!"

혜민이 입원실 내에 배치된 캡슐로 들어갔다.

닉네임 혜민아빠. 헤파스의 후예인 그는 드래곤 소드를 비롯한 다양한 아티팩트를 판매해 굉장한 부자가 되어 있었고, 그래서인지 병실도 특실이었다.

"뭔가 보답이라도 해드려야겠어."

게임 속에 아이를 혼자 둔다. 참 나쁜 아빠다.

그렇다고 태민이 귀찮아서 그녀를 혼자 둔 것은 아니다. 혜민의 병을 치료하기 위해 방방곡곡을 돌아다니게 되면서 처음에는 돌봐주는 사람을 붙였다. 하지만 그때마다 혜민이가 거부하며 싫어했다. 한데, 의아하게도 대장장이 론은 좋아했다. 그래서 그곳에 혜민이가 있을 때 그의 마음이 한결 편했다.

그리고 자신의 딸아이의 친구가 되어주었다는 그 돼지 같은(?) 사람. 그에게 무언가를 꼭 해주고 싶었다.

'뭘 해주는 게 좋을까?'

접속한 혜민이는 민혁이 요리를 완성하고 김치볶음밥을

먹는 모습을 한쪽에 숨어서 지켜봤다.

'확실해……. 대지 똥꾸는 대지인데, 사람인 척하는 거야!'

그녀는 그가 정말 돼지라는 걸 확인해 볼 심산으로 숨어서 지켜봤다. 곧 있으면 정말 돼지로 변해서 '꿀꿀' 하는 소리를 낼 거라고 생각하며. 그렇게 김치볶음밥을 먹는 민혁을 지켜보던 혜민은 넋을 잃었다.

'나도……. 김치볶음밥…… 좋아했는데…….'

아빠가 엉성한 솜씨로 해주었던 김치볶음밥! 한때 좋아했다. 하지만 그녀는 도리질 쳤다.

'안 대, 먹으면 혜민이 아파!'

그렇게 생각하면서도 멍하니 지켜봤다. 김치볶음밥을 대지 똥꾸가 계속 입에 넣는다. 우물우물 씹으며 정말 맛있게 먹는다. 너무나 행복한 표정, 그 미소.

"넘흐넘흐 맛있다아~"

그 말에 혜민의 침이 꿀떡하고 넘어갔다. 먹는 모습을 지켜보는데 이상하게 마음이 편안해졌다.

'혜민이 마, 마음이 이상해……. 펴, 편안해!'

그것은 생전 처음 느껴보는 기분이었다. 그리고 한 숟가락, 두 숟가락 민혁이 먹을수록 그녀는 초조해졌다.

'안 대. 다 먹지 마! 이 대지!'

그리고 이어 침을 다시 한번 꼴깍하고 넘긴 그녀. 결국, 몇 숟가락 남지 않았을 때 그녀가 뛰쳐나갔다.

"이 똥꾸야!"

"웅?"

대지 똥꾸는 의아한 표정을 지었다. 혜민이는 그 작은 손을 뻗었다.

"나도 한 숟가락만 죠!"

"아, 안 돼!"

"내 거 쪼꼴릿 네가 다 먹어버렸잖아!"

"……그, 그렇지. 참. 그럼 어쩔 수 없지."

망설이던 대지 똥꾸가 숟가락을 건넸다. 혜민이는 수저에 김치볶음밥 반 숟가락을 담았다. 민혁은 그 위로 계란프라이를 조금 떼어 얹어줬다.

"이렇게 먹어야 진짜 먹는 거지."

"헤……."

혜민이는 조심스레 입가로 가져갔다. 항상 먹으면 아팠다. 음식을 먹으니까, 아팠다. 머리카락이 다 빠지고 몸에 힘이 없었고 온몸을 뜨거운 고통이 감쌌다. 그래서 먹지 않았다.

그런데, 대지 똥꾸를 보면 먹는 건 행복한 건가? 하는 생각이 들었다. 이상한 일이었다.

혜민이는 마지막으로 용기를 내보기로 했다. 김치볶음밥을 입으로 가져다 우물우물 씹어봤다. 김치볶음밥의 맛이 입안 가득 퍼졌다. 심지어 맛도 있었다. 그렇게 꿀떡하고 넘겼다.

"웅? 이상해……."

"뭐가 이상해?"

"먹으면 아파야 하는데, 기분이 좋아져…… 먹으면 토하고 머리가 빠져야 하는데 기분이 죠아!"

"당연하지! 맛있는 건 최고야, 자 따라 해봐. 맛있는 게 최고야!"

"맛있는 게 최오야!"

혜민이는 그렇게 말하며 김치볶음밥을 한 숟가락 더 먹어 봤다. 그리고 두 숟가락, 세 숟가락씩 먹던 중, 인기척이 들려왔다.

그 인기척에 민혁의 시선이 돌아갔다. 허름한 복장의 초보자로 보이는 중년 남성이 들어오고 있었는데, 들어오던 그의 눈에 갑자기 눈물이 그렁그렁 맺혔다. 그리고 다리에 힘이 풀린 듯 주저앉았다. 이어 혜민이를 부둥켜안았다.

"드디어 먹는구나…… 드디어 먹어! 혜민아, 드디어 먹는구나! 크흐흐흐흑!"

그가 울음을 흘렸다. 그리고 이어 대지 뚱꾸. 즉, 민혁에게 고개를 계속해서 숙여 보이기 시작했다.

"감사합니다, 감사합니다. 정말 감사합니다. 크흐흐흐흑!"

"……?"

"……?"

민혁은 이해할 수 없다는 표정을 지었다. 혜민이가 본래 음식을 먹지 않으려 한다는 것은 론에게 들었다. 그런데, 갑자기 다가와 김치볶음밥을 얻어먹었다. 이후, 정체 모를 초보 유저처럼 누추한 차림새의 사내가 들어오더니 자신에게 꾸벅꾸벅 고개를 숙여 보이고 있지 않은가? 의아할 수밖에.

'난 김치볶음밥을 맛있게 먹고 있었을 뿐인데?'

"이제, 이제 됐어."

혜민의 몸은 계속 쇠약해지고 있었다. 치료가 끝난 후 잘 먹어줘야 기력을 빨리 찾는다. 하지만 먹는 것을 거부하는 혜민이는 항상 몸에 힘이 없었다. 그렇지만 이젠 한시름 놓을 수 있었다. 첫 숟가락일 테지만 이제부터 다시 음식을 먹게 된다면 더욱더 크게 좋아지리라!

"아, 제가 추태를 보였군요."

혜민아빠는 기쁨에 겨워하다가 처음 보는 사람 앞에서 이러는 것은 추태라는 걸 깨닫고 눈물을 훔쳤다.

"제 딸아이와 놀아주는 돼지, 아니, 분이 계시다던데, 그쪽이시죠?"

"아, 예. 저번에 한 번 목말 태우고 놀긴 했습니다."

"전 혜민아빠라는 사람입니다."

"딱 그렇게 보여요."

"아뇨. 닉네임이요."

"그렇군요."

"당신에게 보답을 하고 싶습니다."

"제가 한 일이 없는데⋯⋯."

민혁은 고개를 갸웃했다. 자신이 무엇을 했다고 보답을 받는단 말인가? 단지, 음식을 맛있게 먹었을 뿐!

민혁이 이해하지 못하는 표정을 짓자 혜민의 아빠가 차근차근 하나씩 설명했다. 백혈병이 걸리고 치료를 하고 그 후의 이야기들까지. 그 말을 모두 들은 민혁은 혜민의 상태에 공감할 수밖에 없었다.

'병의 후유증으로 음식을 먹지 않는다⋯⋯.'

폭식 결여증으로 현실 속 음식을 먹지 못하던 민혁이었다. 그리고 먹으면 아플까 두려워 먹지 못하는 혜민이를 생각하자 어느 정도 공감되었다. 그리고 안타까웠다.

'단지 잘 먹었을 뿐인데, 그게 좋은 방향으로 갔다니, 다행이다.'

민혁은 그렇게 생각했다.

그를 본 혜민아빠가 빙그레 웃었다.

'이분에게만큼은 내가 누구인지 말씀드리고 싶구나.'

레전드 길드에는 하나의 규율이 존재한다. 되도록 자신들의 정체를 밝히지 말 것. 하지만 혜민아빠는 앞의 민혁이란 이는 믿을 수 있을 것 같았다. 그리고 그에게 보답하기 전, 자신의 정체를 밝히는 것은 당연한 것.

"저는 대장장이입니다. 꽤 이름 있는 대장장이지요. 혹시 드래곤 소드에 대해서 들어보셨습니까?"

"아, 들어봤습니다!"

민혁은 고개를 주억였다. 그에 혜민아빠는 자신이 그걸 만든 사람이라는 것에 대해 들으면 엄청 놀랄 거라 생각했다. 그만큼 드래곤 소드는 역대 최고의 경매가를 기록한 대단한 아티팩트로 이제까지 보기 힘들었던 공격력과 옵션을 가지고 있었다.

"그 드래곤 소드로 잘 안 썰리는 소뼈를 자를 때 쓰면 정말 좋을 것 같다고 생각했죠!"

"……엥?"

혜민아빠는 고개를 갸웃했다. 드래곤 소드는, 드래곤을 잡으라는 의미에서 붙여진 이름. 드래곤의 비늘도 가를 수 있을 공격력을 가졌다. 그런데, 뭐라고?

"소, 소뼈를 잘라요……?"

"예, 소뼈를 기계 없이도 자를 수 있을 정도의 공격력. 소뼈를 잘라서 푹 고아 먹으면 기똥차죠. 소뼈 자르는 데 최고일 것 같더라고요."

"아, 예……. 그, 그렇죠?"

세상에 드래곤 소드로 소뼈를 잘라 먹고 싶다는 발상을 가진 사람이라니! 혜민아빠는 뭔가 이상하다는 걸 느꼈다.

이어 차분히 말했다.

"제가 바로 그 드래곤 소드를 만든 사람입니다. 헤파스의 후예. 신 클래스죠."

"그렇군요."

"……생각보다 담담하시군요."

"아닙니다, 너어어무 놀랐어요!"

민혁은 관심이 생겼다. 그럴 수밖에. 자신 이외의 신 클래스는 사실상 처음 만나보는 것이었으니까.

혜민아빠가 말했다.

"당신이 원하는 아티팩트를 하나 만들어 드리고 싶습니다. 어떤 것이든 말만 하세요."

혜민아빠는 부드럽게 웃으며 생각했다.

자신이 지금 가지고 있는 그리폰의 영혼은 값어치를 매길 수 없는 엄청난 아티팩트 재료이다. 그 외의 다양한 것들과 자신의 능력을 이용해 그에게 특별 맞춤 아티팩트를 제작해 주려고 한다.

'검을 말씀하시려나? 아니면 갑옷?'

유저들은 다 똑같다. 공격력이 높고, 옵션이 좋은 무기를 정말 좋아한다. 갑옷도 마찬가지. 게다가, 헤파스의 후예인 그가 만드는 아티팩트는 앞에 '헤파스의 무엇'이라고 붙는다. 그것 하나만으로도 엄청난 브랜드적인 가치를 가진다. 없어서 못 살 정도. 그는 무엇을 제작해 달라고 할까.

"저, 정말 어떤 것이든 말씀드려도 되나요?"

민혁은 기대감 어린 표정을 지었다.

혜민아빠는 고개를 주억였다. 자신이 할 수 있는 선 안에서 최선을 다해 무조건 만들어주기로 결심했다. 그는 은인이기 때문이다.

혜민아빠는 큰 욕심이 없는 사람이었다. 단지, 자신의 딸아이가 건강하고 씩씩하게 커 줬으면 하는 사람. 그런 그에겐 민혁이 정말 고맙고 뭐든 해주고 싶은 사람이었다.

"네, 정말 뭐든 해드리겠습니다."

"그, 그럼요. 정말 어렵고 놀라운 물건일 수도 있는데요."

"괜찮습니다. 편히 말씀하세요."

혜민아빠는 민혁의 입에 시선을 집중했다. 민혁은 정말 이런 대단한 것을 부탁해도 되냐는 표정으로 그를 보면서 조심스레 입을 뗐다.

"……이팬…… 만들어주세요."

"……예?"

순간 혜민아빠는 자신의 귀를 의심했다. 아니, 부정하고 싶었다.

"제육볶음 할 때 양념이 잘 스며드는 프라이팬을 제작해 주세요! 아, 너무 큰 걸 바라나……? 하긴, 이 엄청난 걸!"

"……."

혜민아빠는 순간 말문을 잃었다.

민혁은 너무 대단한 것을 요구해서 그가 말문을 잃었다고 생각했다.

'하긴, 제육볶음이나 갈비 요리를 할 때, 양념이 더 잘 배어드는 프라이팬이라니! 그런 엄청난 걸 만드는 게 쉬운 일은 아닐 거야, 정말 대단한 물건이지! 너무 어려운 부탁인가?'

하지만 곧이어 혜민아빠는 말했다.

"저한테 고작, 아니, 아니, 검이나 갑옷, 또는 지팡이와 같은 아티팩트가 아닌 프, 프라이팬이요?"

"네에!"

"정말요?"

끄덕끄덕-

"진짜요?"

끄덕끄덕-

"공격력이나 마법 공격력 올라가는, 또는 자체 회복력이 붙은 이런 것도 아니고. 제육볶음 더 맛있게 만드는?"

고개를 끄덕이던 민혁이 말했다.

"아, 혹시 가능하다면 부침개 만들 때, 끝부분이 전체적으로 노릇노릇하게 구워지는 기능도 있었으면 좋겠어요."

혜민아빠는 머어엉 하니 그를 바라보다가 중얼거렸다.

"프라이팬으로 패버릴까……."

"예?"

"아, 아닙니다. 후우…… 알겠습니다. 제육볶음에…… 양념이 더 잘 배어드는…… 프라이팬……. 부침개의 끝부분을 전체적으로 잘 익히는 기능도…… 있고요…….”

그는 말하면서 국어책을 읽듯 감탄했다.

“와아. 정말 대단한 기능이다. 내가 이렇게 대단한 걸 만들 수 있으려나?”

“네넵, 해주시는 건가요?”

“넵, 이상하게 하기는 싫지만 해드릴게요.”

혜민아빠가 볼을 긁적였다.

“감사합니다. 정말 감사합니다!”

그 말에 민혁은 마치 혜민아빠가 세상을 구해준 것처럼 크게 감사했다.

혜민아빠는 멍하니 허공을 응시했다.

‘내가…… 프라이팬 만들려고…… 헤파스의 후예 됐나…… 자괴감 들어…….’

그리고 힘없이 몸을 일으켰다. 프라이팬을 만들러 가기 위해.

2장
초콜릿 광산

혜민아빠가 사라지고 얼마 지나지 않아 대장장이 론이 들어왔다. 론은 들어오자마자 놀란 기색으로 민혁을 바라봤다.

"자네…… 도대체 어떻게 한 건가!"

그의 표정은 경악에 가까웠다.

그럴 수밖에. 5년을 여기서 살았는데, 사람들이 자신보다 민혁과 더 친하다! 그것뿐만이 아니다. 새로 계약하는 사람들의 숫자도 적지 않았다.

"그냥 맛있는 거 먹으면서 돌아다니고, 일 좀 도와 드리거나 요리 좀 해드렸을 뿐입니다."

"……그, 그런."

론은 말문을 잃었다.

민혁은 자신의 명성도를 확인했다. 명성도는 이미 100%가

채워진 상태였다. 그의 얼굴은 한껏 기대감에 부풀어 있었다.

"수고했네."

아직 일주일이 지나지 않았지만 론은 충분하다고 여겼다. 그와 함께 알림이 들렸다.

[히든 퀘스트 '대장장이 론의 고민 해결'을 완료했습니다.]
[경험치 300,000을 획득합니다.]
[레벨업 하셨습니다.]
[레벨업 하셨습니다.]
[레벨업…….]

레벨업 알림만 자그마치 여덟 번. 거기서 끝이 아니었다.

[명성도 100%를 달성하셨습니다.]
[원할 시 대장장이 론으로부터 대장장이 스킬을 바로 익힐 수 있습니다.]
[환상의 스페셜 전 요리 세트를 얻을 수 있습니다.]

이어서 론이 민혁에게로 건넨 것은 한눈에 보기에도 고급스러워 보이는 상자였다. 그 상자를 열어젖히자 그 안에 들어 있는 재료들!

가장 먼저 보이는 재료들은 '꼬치전'을 만드는 재료들이었다.

이쑤시개에 고기, 햄, 게맛살, 단무지, 파, 버섯과 같은 것들을 꽂아서 밀가루를 묻히고 계란물에 담근 후 지글지글 구우면 맛있는 꼬치전이 완성된다! 이 꼬치전은 지역마다 명칭도 다르다고 알고 있다.

그리고 동그랑땡과 호박전, 명태전을 만드는 재료들! 이 녀석들은 한입에 넣어줘야 맛있는 녀석들이다. 괜히 전을 부치고 있는 엄마 옆에서 기웃거리다가 잘 구워진 것들을 하나씩 쏙 집어 먹어야 제맛! 그리고 그 외의 많은 재료가 있었다.

상자는 하나로 끝이 아니었다. 론은 같은 상자를 민혁의 앞으로 계속 내려놨다. 안의 내용물들은 모두 같았다. 꽤 흡족한 양이었다.

민혁은 그 재료들을 보자 작게 웃음이 나왔다.

사실상 그에게 명절이란 건 없는 것이나 마찬가지였다. 폭식 결여증에 걸린 이후에 단 한 번도 명절을 제대로 지낸 적이 없었다. 그 고소한 기름 냄새가 풍겨오면 민혁이 어떻게 될지 모두가 알았기 때문이다.

명절 때 흔하게 듣는 잔소리조차 민혁은 들어보지 못한 지 오래다. 누구나 흔하게 먹는 명절 요리를 먹은 것도 무척 오래전의 일이었다. 그 때문에, 전은 민혁에게 조금 더 특별하고 애틋한 요리였다.

"확인해 보지."

민혁은 그 말에 깻잎을 집어 들었다.

(환상의 깻잎)

재료 등급: B

특수 능력:

- 지혜+10

- 마법 방어력+30

설명: 일반 깻잎이라고 생각하면 오산이다. 수만 개 중 하나가 자랄까 말까 하는, 더 깊은 향과 맛을 품은 환상의 깻잎이다.

"우와! 우와! 우와!"

민혁은 감탄사를 터뜨렸다. 지혜와 마법 방어력 상승 때문이 아니다.

깻잎은 향으로 먹는다는 말이 있다. 민혁은 깻잎이 들어간 음식을 좋아하는 편이었는데, 찌개든, 김밥이든 깻잎 한 장이 들어갔느냐에 따라 그 맛이 확연히 달라지곤 했다.

다른 재료들도 마찬가지였다. 햄을 클릭해서 확인해 보면 '대단한 장인이 정성을 들여 만들어낸, 일반 햄은 따라올 수 없을 정도로 맛있는 햄'이라고 쓰여 있었다. 이처럼 환상의 스페셜 전 요리 세트는 여러 가지의 특수 능력도 가지고 있었지만, 맛도 좋았던 거다.

그리고 중요한 점.

어떠한 재료들은 '대장장이 스킬을 가지고 있을 시 숙련도

대폭 상승'이라는 내용이 존재했다. 그 의미는 간단하다. 대장장이 스킬을 레벨업 할 수 있다는 거다.

민혁은 알림으로 대장장이 스킬을 바로 배울 수 있다는 걸 들었다. 본래 이러한 것들은 매캔에게 초급 붕대를 배웠던 것처럼 숙련도를 올려야 한다. 하지만 명성도 100%를 채워낸 것에 따른 특혜인 듯싶었다. 여기에 전 재료를 먹어 숙련도를 올리면 금방 꽤 높은 대장장이 스킬의 경지에 오르리!

"론님에게 대장장이 기술을 익히고 싶습니다."

"알겠네."

[초급 대장장이 스킬을 획득합니다.]

[손재주 20을 획득합니다.]

민혁은 곧바로 초급 대장장이 스킬을 열람해서 확인해 봤다.

(초급 대장장이)

패시브 스킬

레벨: 1

효과:

- 수리 5%+3%

- 제련 4%+2.4% 확률로 가능

수리는 말 그대로 떨어진 내구도를 올려주는 것이라고 보면 된다. 그리고 제련은 광석에 있는 불순물을 제거하고 진짜 알짜배기를 얻을 확률이라고 보면 된다. 이 두 가지가 초급 대장장이의 기초라고 알고 있다. 또한, 이 스킬이 초급 대장장이에서 중급으로 오르면, 제작도 가능해진다.

확인을 끝낸 후에 민혁은 양손을 쓱쓱 비볐다.

"시작해 볼까."

그는 한없이 진지하고 비장한 표정이었다.

"여기에서 요리해도 되나요?"

"그러게."

아까 론이 들어왔을 때 친밀도가 상승했다는 알림이 많이 들렸다. 그 때문인지 그는 꽤 흔쾌히 끄덕였다.

먼저 세팅을 했다. 밀가루를 평평한 곳에 부어 넣고 계란물을 준비한다. 이때 계란물은 소금 간을 하는 게 좋다. 그리고 꼬치전은 이쑤시개에 재료들을 꽂아서 넣어준다. 깻잎전의 경우는 기존 동그랑땡의 잘 갈아진 재료들을 깻잎 안에 넣고 구우면 더 좋다.

재료의 기본 세팅을 끝내고 프라이팬에 기름을 둘렀다. 어느 정도 달궈졌을 때 꼬치전에 밀가루를 묻히고 그다음 계란물을 입힌다. 그 상태에서 재빠르게 프라이팬 위로 올린다.

촤르르르르르!

고소한 기름내와 함께 꼬치전이 익어간다. 적당한 때 뒤집고 다시 한번 노릇노릇 구워준다. 이처럼 전들을 계속해서 노릇노릇 구웠다.

"맛있는 냄새가 나는군."

론이 코를 킁킁거린다. 전을 부칠 때 나는 고소한 기름 냄새와 촤르르르- 거리는 이 소리. 빨리 먹고 싶게 하는 고문과도 같았다.

동그랑땡, 깻잎전, 명태전, 애호박전, 부추전, 두부전, 꼬치전 등을 다 끝낸 민혁. 한가득 쌓여 있는 전들.

손 하나가 스리슬쩍 전을 노리고 움직인다.

찰싹!

"안 됩니다!"

민혁의 단호함에 론은 아쉬운 표정으로 손가락을 쪽쪽 빨았다.

민혁은 간장까지 준비해 놓고 먹을 준비를 끝냈다. 그리고 하이라이트로 꼭 빠질 수 없는 것.

명절 하면 뭐가 있던가. 바로 주변 어른들의 잔소리다.

"저한테 잔소리 좀 해주시겠습니까?"

"응? 그게 무슨 소리인가?"

"진짜 명절의 기분을 내며 전을 먹고 싶어서요!"

"……자네, 진짜 이상한 거 아냐?"

하지만 민혁은 어깨를 으쓱했다.

론은 그가 자신에게 전을 주지 않은 걸 떠올리며 과거 자신의 어머니가 해주었던 것처럼 그대로 민혁에게 잔소리를 해주기 시작했다.

"옆집 루미는 이번에 좋은 대장간에 들어갔다더라, 민혁이 너도 어서 빨리 취직해야 하지 않겠니?"

"좋았어, 명절 기분이 나는군!"

그 모습을 보던 혜민이가 옆에서 중얼거렸다.

"대지 똥꾸. 정말, 이상해……."

하지만 론의 잔소리는 계속되었고 점점 과열되기 시작했다.

"어? 너도 인제 그만 독립해서 부모님 등골 그만 뽑아 먹고 취직해야지! 응? 결혼은 언제 할 거니? 여자 친구는 있니? 매일 그렇게 놀기만 하니까, 좋은데 취직할 수가 있을 리가 있겠니?"

"……."

"그리고 민혁이 너, 그렇게 많이 먹기만 해서 어떻게 결혼하려고 그러니. 장가는 대체 언제 갈 거야? 그렇게 해서 이 험난한 세상 살아갈 수 있겠어? 나 때는 말이다. 중얼중얼……."

그리고 빠질 수 없는 '나 때는 말이다'까지 시전했다. 그 말을 듣던 민혁은 자신도 모르게 중얼거렸다.

"진짜 내가 부탁했지만 엎어버리고 싶다……."

"뭐? 너 지금 엄마가 말하는데 뭐라고 한 거니?"

론은 진심으로 과열되어 지금 자신이 대장장이인지 민혁의 어머니(?)인지 분간을 못 하는 듯싶었다.

"자, 이제 먹어볼까."

"중얼중얼 중얼."

계속해서 잔소리를 하는 론을 뒤로하고 민혁은 노릇노릇 잘 구워진 꼬치전을 집어 들었다. 그리고 꼬치전을 옆면에서 베어 물었다.

이렇게 먹어야, 한 번에 다채로운 맛을 느낄 수 있다. 노릇노릇한 전을 씹자마자 따뜻한 기름기가 입안으로 퍼져 나갔다. 거기에 쪽파, 햄, 고기, 단무지, 게맛살, 버섯과 계란 맛이 입에서 어울렸다.

"와…… 진짜 맛있다."

몇 년 동안 전이라는 걸 먹어본 적이 없는 민혁이었다.

아예 먹지 않았다면 모를까. 아는 맛을 못 먹는 것은 정말이지 괴로운 일이었다. 그토록 먹고 싶었던 꼬치전!

그것을 먹자 웃음이 피식피식 났다.

그다음으로는 명태전. 간장에 콕 찍어 한 입 가져다 먹어본다. 우물우물 씹으면 나오는 담백하고 짭조름한 명태전의 맛에 흐뭇한 미소가 감돈다.

그리고 깻잎전. 입안 가득 퍼지는 향긋함! 동그랑땡의 남은 재료들을 안에 넣었기 때문에 밋밋할 수 있는 맛을 풍부한 고기들이 잡아준다.

다음으로는 두부전. 두부는 참으로 독특한 녀석이다. 콩으로 만든 두부는 어떤 요리에도 잘 어울린다. 끓여 먹어도 맛있고 그냥 데워 먹어도 맛있으며 구워 먹어도, 졸여 먹어도 맛있는 녀석. 그 녀석을 소금 간 한 후에 계란을 묻혀 구웠으니 더 맛있다.

"흐하하."

웃음이 났다.

마지막으로 동그랑땡. 동그랑땡은 따로 간장에 찍어 먹지 않아도 맛있다. 입에 넣고 씹으면 풍부한 고기의 맛과 함께 채소의 맛이 느껴진다. 씹을수록 더욱더 입안이 풍부해지는 느낌.

"……자네, 지금 울고 있는 거 아나?"

"너무너무 맛있어서 그래요."

잔소리하던 론은 멈칫했다. 민혁이 눈물을 펑펑 쏟아내며 전 요리를 먹고 있었던 것이다. 그런 민혁의 얼굴은 한없이 행복한 미소에 물들어 있었다. 보고 있노라면 론도 절로 웃음이 나올 정도로.

그 정도로 환상의 스페셜 전 요리 세트로 만든 전은 정말이지 맛있었다. 민혁은 행복하게 웃으며 전 요리를 먹어치웠다.

"맛있는 게 최오야!"

혜민이도 계속 전을 달라고 아우성쳐서 꼬치전 하나를 건네주었었다. 그녀의 말에 민혁도 동감한다는 듯 말했다.

"맛있는 게 최고야!"

"……나도 그 말 잘할 수 있는데."

론은 시무룩한 표정이었다. 그는 하나도 먹지 못했기 때문!

민혁은 알림들을 떠올렸다. 먹을 때 계속해서 알림이 들려오고 있었다. 그는 알림창을 켜서 확인해 봤다.

　　[환상의 스페셜 전 요리 꼬치전을 먹었습니다.]
　　[대장장이 스킬 숙련도 7,000을 획득합니다.]
　　[초급 대장장이 기술이 레벨업 합니다.]
　　[초급 대장장이 기술…….]
　　[환상의 스페셜 전 요리 동그랑땡을 먹었습니다.]
　　[대장장이 스킬 숙련도 10,000을 획득합니다.]
　　[초급 대장장이 기술이 레벨업 합니다.]
　　[초급 대장장이 기술…….]

　　대장장이 기술 레벨업 알림만 자그마치 9번이었다. 즉, 초급 대장장이 기술이 한 번에 10레벨이 된 셈!

　　[환상의 스페셜 전 요리 깻잎전을 먹었습니다.]
　　[지혜 10을 획득합니다.]
　　[마법 방어력 30을 획득합니다.]
　　[환상의 스페셜 전 요리 명태전을 먹었습니다.]
　　[손재주 30을 획득합니다.]
　　[손재주 스텟 1,000을 달성합니다.]
　　[손재주 스텟 1,000에 따른 특혜가 부여됩니다.]

그리고 확인된 알림. 민혁은 기대감을 안고 계속 확인했다.

[손재주에 관련한 모든 스킬의 능력이 40% 더 향상됩니다.]

말 그대로 대폭 증가였다. 본래 100의 손재주 스탯을 올릴 때마다 10% 더 상승하던 것이 갑자기 40%가 상승했다. 즉, 이제 민혁의 손재주 관련 스킬들은 본래 10의 힘을 낸다면 이젠 모두 20의 힘을 내게 되는 거다.

하지만 알림은 거기서 끝이 아니었다.

[식신 직업 스킬을 제외한 손재주 관련 스킬들에 직업과 연관된 특혜가 생성되며 랜덤으로 스킬이 선택됩니다.]
[초급 붕대가 랜덤으로 선택됩니다.]
[봉인된 특혜를 확인하실 수 있습니다.]

민혁은 초급 붕대를 오픈해 봤다.

(초급 붕대)
패시브 스킬
레벨: 4
효과:
• 상처 회복률+1.8%+1%

• 느린 속도로 천천히 회복된다. (0.6배 가속)

특혜 봉인: 재료 회복

'어? 재료 회복?'

민혁은 의아한 표정을 지으면서 재료 회복을 클릭해 봤다. 다행히도 확인 불가한 부분이 아니었던 듯 내용이 떠올랐다.

(재료 회복)

특혜 스킬

효과:

• 멍든 과일, 오랫동안 실온 보관된 고기, 상한 우유 등 오래되어 먹을 수 없는 것, 혹은 손상된 재료를 회복시킬 수 있다.

민혁의 손이 부들부들 떨렸다.

'와⋯⋯! 진짜 좋다!'

붕대 감기에 나타난 특혜는 정말 너무나도 좋은 것이었다.

일상을 살아가면서 우유를 사놓고 먹지 못하거나 혹은 멍이 들기 시작한 과일이 시간이 지나면 차츰 흐물흐물해지고 썩는 걸 볼 수 있다. 한데, 이 특혜는 말 그대로 그것들을 원래의 상태로 돌리는 것이었다. 그러기 위해선 붕대 감기 중급 마스터를 해야 하지만 말이다.

또한, 이 특혜는 민혁이 가지고 있는 손재주 관련 스킬 중,

식신의 스킬들을 제외하고서 랜덤으로 나타났다. 혹시 추후에 또다시 랜덤으로 이처럼 특혜가 나타날지도 몰랐다.

민혁이 그렇게 확인하며 좋아하고 있을 때 론은 깊은 생각에 잠겨 있었다.

'먹을 걸 먹으면서 울기까지 하다니……!'

살다 살다 이런 사람은 처음 보는 그였다.

그는 조심스레 이야기를 꺼냈다.

"자네, 먹을 걸 정말 좋아하나 보군."

"헤헤, 그렇습니다!"

민혁이 고개를 끄덕였다.

"사실 오래전부터 내려오던 전설이 하나 있거든."

"전설이요?"

민혁은 또 다른 퀘스트의 냄새를 맡을 수 있었다.

론은 고개를 주억였다.

"이곳 바라스 왕국의 인근에 딱 하나의 광산이 있지, 그런데 그곳에 시들지 않는 초콜릿 나무가 있다더군."

"……초, 초콜릿 나무요?"

"쪼콜릿?"

초콜릿이란 말에 민혁도 반응하고 혜민이도 반응했다.

론은 진중한 표정으로 고개를 주억였다.

"그래, 그 초콜릿 나무는 아무리 초콜릿을 먹고, 먹고 먹어도 다음 날이면 항상 초콜릿이 열린다고 해. 그를 증명하는 건

지 모르네만, 그 광산 브레트리에서 철광석을 캐다 보면 가끔
씩 초콜릿을 품은 철광석이 나오기도 하거든."

"와……!"

"우와!"

민혁도 감탄하고 혜민이도 감탄했다.

민혁은 상상해 봤다.

'그날 먹으면 다음 날 초콜릿이 자라나 있다……!'

첫날은 초콜릿 열매를 그냥 먹고 다음 날은 악마의 잼으로
유명한 누텔라처럼 초콜릿을 녹여서 먹는다. 그 외에 그 초콜
릿을 이용해 초꼬파이도 만들어 먹을 수 있고 오우에스도 먹
을 수 있다.

"초콜릿…… 얼려 먹으면…… 최고죠."

민혁은 자신의 입술을 날름 핥았다. 옆에서 혜민이도 입술
을 핥으며 말했다.

"아니얏! 초콜릿은 좀 녹았을 때 먹어야 맛있어, 먹을 때마
다 손가락에 묻어 있는 걸 쪽쪽 빨아 먹어야 맛있다고!"

"그것도 맛있지!"

"헤헤!"

론이 말했다.

"중요한 것은 그 초콜릿 나무는 상상도 할 수 없는 여러 능
력을 가지고 있다고 하더군. 하나 들었던 건, '병든 자도 단숨
에 나을 수 있게 한다'였던가?"

"오오오."

"그곳에 광부 레톤이 그에 대한 실마리를 알고 있다고 하던데, 자네가 그를 한번 만나보는 거 어떻겠나?"

띠링!

[퀘스트: 초콜릿 나무의 전설을 광부 레톤에게 확인하기]

등급: ?

제한: 론과의 친밀도

보상: 대장장이 숙련도 3,000

실패 시 페널티: 초콜릿 나무의 존재 여부를 알 수 없음.

설명: 브레트리 광산에서 내려져 오던 초콜릿 나무에 대한 전설. 그를 확인해 볼 수 있는 기회이다. 그곳의 광부 레톤을 만나라!

"대지 똥꾸가 내 거 쪼꼴릿을 다 먹어버렸으니까, 맛있는 쪼콜릿 나무를 혜민이도 맛보게 해듀겠디?"

민혁은 잠시 망설였다. 하지만 곧 흔쾌히 고개를 끄덕였다.

"그래!"

"헤헤!"

민혁은 얼마 전 혜민이에게 ABD 초콜릿을 얻어먹었다. 그 초콜릿은 몇 년 만에 먹어보는 것이었다. 돈이 넘칠 만큼 많아도, 모든 걸 가졌어도, 먹지 못했던 그 초콜릿.

혜민아빠는 민혁에게 은인이라고 하였다. 하지만 민혁에겐 어쩌면 혜민이가 은인이었다.

'초콜릿 나무…… 얻고 만다!'

민혁은 그런 생각을 하면서 로그아웃했다. 운동하러 갈 시간이 된 것이다.

게임을 종료하고 캡슐에서 나온 민혁은 창욱을 따라 수영장으로 향했다.

그는 운동을 끝내고 잠시 쉬기 위해 의자에 앉았다. 그리고 방울토마토를 우적우적 먹으면서 아테네 공식 홈페이지에 접속한 후, 브레트니 광산에 대해서 검색해 봤다.

[브레트니 광산에서 나오는 철광석에서 초콜릿 나온다는 거 사실인가요?]

gadad624: 넵, 사실임돠. 근데 그거하고 비슷한 거 바라스 왕국 지천에 깔렸습니다.

노가다장인: 원래 바라스 왕국 자체가 생산직들을 위한 곳이어서 그래요. 그 철광석 초콜릿이 요리사 재료로 보면 되는데, 대장장이 클래스 가진 사람들이 철광석 캐서 나온 초콜릿 요리사들한테 파는 게 대부분입니다.

루시맘: 바라스 왕국에 그런 것 많음여. 붕대 감기 배운 사람이 몹한

테 붕대 감아주는 퀘 있는데, 그거 하면 몬스터 치료해 줄 때마다 철광석이 떨어지기도 함. 그럼 철광석을 대장장이한테 팔면 되는데, 이런 식의 퀘스트가 많습니다.

"아……."

민혁은 이해할 수 있었다.

광산에서 초콜릿이 나온다는 것은 어떻게 보면 누구든 한 번쯤 특별한 무언가가 있을까? 하고 의심해 볼 만한 일이다.

하지만 민혁이 있는 바라스 왕국은 애초에 생산직 직업들의 터전 같은 곳이다. 낚시꾼은 낚시를 해서 붕대를 얻을 수 있고, 대장장이는 철광석을 캐서 요리 재료인 초콜릿을 얻을 수 있다. 즉, 하나의 거래를 배우게 하는 시스템이기도 한 것이라고 보면 된다. 하지만, 초콜릿은 그러한 노가다로 얻는 것 중 가장 외면받고 있었다.

[솔직히 브레트니 광산에서 초콜릿 나오는 게 가장 안 좋은 듯…….]

광부하다때리침: ㅇㅈ, 솔직히 재료 얻는 것 중에서 가장 힘든 게 광부인 듯……. 힘들어서 튀려고 했는데 광부 아저씨들이 못 튀게 잡음 ㅠㅠㅠㅠ 일손 부족하다고 제발 해달라고 함……. 그리고 광부 일 한 번 수락하면 페널티도 큽니다, 되도록 안 하시길…….

gkad5126: 광부 인간적으로 너무 힘듦……. 비추. 설마 초콜릿 먹고 싶다고 광부 하는 미친놈은 없겠죠.

민혁은 고개를 갸웃했다.

"형."

"응?"

"여기 이상한 사람 있어요. 초콜릿 먹고 싶어서 광부 하면 미친놈이라는데요? 제가 봤을 땐 이 사람이 이상한 듯?"

민혁은 머리 옆으로 손가락을 빙글빙글 돌렸다.

"그, 그렇지. 참 이상한 사람이다. 하, 하하!"

"왜 그렇게 웃어요?"

"아, 아니……. 너 같으면 상하차 알바보다 힘들다는 광부 일해서 초콜릿 먹고 싶겠냐?"

"네."

"……."

창욱은 볼을 긁적였다.

실제로 광부는 상하차 알바는 비교도 안 된다고 할 정도로 힘들다고 한다. 그 때문에 광산 자체가 외면받고 있었다. 그나마 광물을 얻기 위한 대장장이들이 조금 있는 것 같긴 했지만, 대부분에게 외면받는 듯했다. 심지어 바라스 왕국에서 벗어나면 브레트니 광산보다도 훨씬 광물이 잘 나오고 광부 대우도 좋은 곳이 있다고 한다.

"너 설마 초콜릿 먹고 싶어서 광산 갈 거야?"

"네!"

"광물도 아니고?"

"그럼요. 광물 그거 먹지도 못하는 거 어디에 써요."

"파, 파이팅……."

창욱은 고개를 절레절레 저었다.

곧이어 민혁이 창욱을 돌아보며 물었다.

"아, 맞다. 형. 혜민아빠라고 알아요?"

"그건 누구 집 아버님이셔?"

"아니, 닉네임이요."

"모르는데?"

"그럼 드래곤 소드는 알죠?"

"야, 당연히 알지! 드래곤 소드 모르는 사람이 아테네를 하는 게 말이 되냐?"

창욱은 당연하다는 표정이었다.

드래곤 소드! 역대 최고의 경매가로 판매된 아티팩트! 그리고 현재 그 아티팩트를 제작한 이가 대장장이 비공식 랭킹 1위라는 소문이 있다. 실제로 드래곤 소드는 해외 아테네 유저들도 큰 관심을 가지고 있다고.

"그거 만들었다는 사람이 저한테 아티팩트 만들어준다고 했어요."

"지, 진짜? 그 혜민아빠라는 사람이야?"

"네."

"……뭐 만들어달라고 했어? 응? 그래 검이 좋겠다. 드래곤 문양 그려진 검! 와, 상상만 해도 진짜 멋있다. 우와! 아니면 방어구? 어떤 것이든 막아내는 무적의 방어구! 캬, 진짜 부럽……."

"프라이팬 만들어달라고 했는데요?"

"그래, 프라이팬도 진짜 멋있……."

창욱은 자신의 귀를 의심했다.

"뭐, 뭐라고……?"

"프라이팬 만들어달라고 했어요. 크흐, 그 어려운 부탁을 흔쾌히 수락하셨어요."

"호, 혹시 그분께서 그 말 듣고 널 프라이팬으로 패고 싶은 표정 짓지 않으셨니?"

"눈물이 그렁그렁하긴 했는데."

창욱은 갑자기 그 혜민아빠라는 사람한테 동질감이 물밀듯이 밀려왔다.

'듣고 어이없으셨죠……? 저도 매일매일이 황당해요.'

그 심정을 아는지 모르는지, 민혁이 말했다.

"프라이팬. 넘나 기대되는 것!"

하오든 길드의 브로니, 현실의 이상민은 게임에 접속하기 전이었다.

'약속 시간까지 30분 남았네?'

얼마 전에 자신에게 연락했던 칼드! 곧 있으면 그와 바라스 왕국에서 만날 것이다. 둘은 허름한 여관에서 만나기로 약속을 잡았다.

그러던 중 문득, 얼마 전 자신에게 PK당해 아이템을 싹싹 털린 그 강민혁이란 놈을 닮았던 유저가 생각나서 신문을 보고 있던 아버지에게 다가갔다.

"아빠."

"왜 그러냐, 혹시 또 사고 쳤냐?"

부르자마자 들려오는 호통! 그만큼 이성민은 나이를 먹었음에도 사고를 많이 치고 다니는 것이었다.

"아, 아니요. 그냥 궁금한 게 있어서요."

"궁금한 거라? 네가 살면서 궁금한 것도 생기다니. 이 애비는 감격스럽구나."

"……."

"왜?"

"……아, 아닙니다."

이상민은 갑자기 슬픔이 밀려왔지만, 이해했다. 그리고 조심스레 물었다.

"예전에 강민혁이라고 기억하세요? 제 돈 뜯었던 애."

"기억하고말고. 친구들 돈이나 뜯다가 역으로 네가 뜯긴 일 아니었나? 또 한 명한테 스무 명이 다 맞고 빌었다고 했지?

아빠가 그때 널 호적에서 파버리려다가 불쌍해서 참았다."

이상민은 자신이 주워 온 자식이 아닐까 하는 생각을 했다. 어찌 이렇게 팩트로만 패시는지.

"그때 아빠가 말했잖아요. 집 풍비박산 나는 꼴 보고 싶지 않으면 두 번 다시 건드리지 말라고. 그리고 걔네 집이 건드려선 안 될 집이라고. 아니, 도대체 걔네 아빠 뭐 하는 사람인데 그러셨던 거예요?"

그 말에 아버지는 신문을 내려놨다. 그리고 한숨을 쉬었다.

"오래 지났고, 또 너도 나이를 먹었으니 말하고 다니진 않겠지. 그렇지?"

"아, 예. 뭐, 저도 철 들었습니다."

"옆집 똥개가 철 들었다는 걸 더 믿고 싶다만…… 아무튼."

그는 잠시 주변을 둘러봤다.

"너 휴대폰 어디 거 쓰냐?"

"일화그룹 거요."

"노트북은?"

"일화그룹요."

"지금 여기 앞에 있는 TV는?"

"역시 TV는 일화죠?"

일화그룹은 이렇듯 흔한 가정집에서 사용하는 물건 하나하나 손을 안 뻗는 곳이 없었다. 식품도 일화! 가전제품도 일화! 뭐든 일화그룹으로 통한다는 말이 있을 정도.

한데, 어째서 아버지는 계속 그 말씀을 하시는 걸까? 이상민은 답답해졌다.

"아, 왜 계속 딴 이야기 하세요."

"딴 이야기가 아니다. 이 애비도 참 현실성 없다고 생각하니까."

"예? 그게 무슨 말이에요?"

그 말에 아버지가 픽 하고 맥없는 웃음을 지었다.

"그 아이 아버지가 일화그룹 강민후 회장님이셨다."

"……!"

아테네에 다시 접속한 브로니. 그는 아직도 놀란 가슴이 진정되지 않았다.

'햐……. 세상일 진짜 모른다. 강민혁, 그 재수 없는 새끼 아버지가 강민후 회장이라니.'

또 한편으론 이런 생각이 들었다.

'내가 그런 애를 건드린 거야?'

아버지는 추가로 덧붙여서 말씀하신 게 있었다.

'넌 동창이니까 그 아이와 다시 만날 일이 있을지도 모른다. 하지만 되도록 마찰을 피하거라, 물론 일화그룹은 자신들의 힘으로 다른 사람을 찍어 누르는 그런 기업은 아니라는 소문이 자자하지만.'

아버지 말처럼 일화그룹은 구설수에 오른 적이 한 번도 없을 정도였다. 그래서 사람들이 더욱더 신뢰했고.

'만약 민혁이란 친구와 마찰을 일으킨다면 그는 기업의 힘을 빌리지 않고 자신의 힘으로 해결하려 하겠지. 명심할 건 바로 이것이다. 범의 새끼가 다 자라나, 이제 범이 될 나이가 되었다는 것.'

그 말을 떠올리며 브로니는 고개를 끄덕였다.

그런 생각을 하며 걷다 보니 어느덧 칼드와 약속했던 여관에 도착할 수 있었다.

브로니는 자신의 길드원들을 한 명도 데려오지 않았다.

칼드가 말했던 201호실의 문을 열고 들어가자 정말로 그곳에 TV 속에서나 보던 칼드가 있었다.

"안녕하십니까. 하오든 길드의 브로니입니다."

"칼드입니다."

그는 쿨하게 답했다.

대장장이 랭킹 2위! 에픽 아티팩트를 제작해 낸 자. 그 아티팩트는 거래 사이트에서 4억 원에 거래되었다는 소문이 있었다. 또한, 그는 지금 아레스 길드의 간부 중 하나였다.

"의뢰에 대해서 들어볼 수 있겠습니까?"

"네."

칼드는 곧 차분히 설명했다.

"아시겠지만 이 이야기는 하오든 길드 길드원들의 입단속도 필요합니다. 그들은 의뢰자가 누구인지 모르고 움직이는 게 좋을 것 같군요."

"아, 예."

브로니는 이미 자신의 동료 일렌에게도 입단속을 시켰다.

"저는 조용히 움직일 것입니다. 여러분이 해주실 일은 바로 브레트니라는 광산을 접수하는 겁니다."

"광산 접수 말입니까?"

"예. 브레트니에 대해선 알겠지요?"

"예, 초콜릿 광산이라고 불리는 곳이죠."

칼드는 고개를 주억였다.

"앞으로 3일 후. 제가 말하는 시간에 브레트니 광산을 접수하면 됩니다."

"접수라고 한다면……."

그에 칼드는 고개를 끄덕였다.

광산은 광부들도 있지만, 그 광부들을 관리하는 왕국의 사람들과 병력이 존재한다. 다행히도 브레트니 광산 자체가 초보 대장장이들을 위한 곳이기에 병력의 레벨도 그리 높지 않았다. 그리고 접수라는 것은 즉, 이런 말이다.

"거기에 있는 모든 왕국 병력을 죽이고 독점하라는 거군요. 그 틈에 당신은 그 광산 안으로 들어가 찾을 것을 찾고요."

"그렇습니다."

"그 찾을 것이 뭔지 물어도 되겠습니까?"

"아뇨."

"……."

칼드는 정말이지 딱 잘라 단호하게 말했다. 잠시 후, 그가 다시 입을 열었다.

"하오든 길드가 해줄 일은 두 가지입니다. 광산을 빼앗고 왕국과의 연락망을 차단시키는 것. 그리고 브레트니 광산에서 본래 나오던 몬스터들보다 강한 녀석들이 갑자기 쏟아져 나올 겁니다."

"더 강한 녀석들이요?"

본래 브레트니 광산의 몬스터는 레벨 70~100 정도다. 그 녀석들을 왕국 병력이 처리하고 광부들이 나아간다는 설정.

"네, 제가 스타트를 끊는 그 시점에서 나오겠지요. 그때 저는 최대한 저를 감추고 안으로 들어갈 것이고, 하오든 길드는 몬스터들을 쳐내면 됩니다."

"그럼 그 과정에서……."

브로니는 직감했다.

"광부들도 전부 죽겠군요."

브로니가 여관을 나섰다. 그가 나서고 홀로 남은 칼드. 그가 품속에서 꺼낸 것은 검은색 열쇠였다.

뜻하지 않게 얻게 된 이 열쇠.

'초콜릿 광산. 그 안에 존재하는 희대의 아티팩트 재료.'

초콜릿 광산의 숨겨진 곳에 들어갈 수 있는 열쇠! 예전에 드래곤 소드가 만들어졌을 때 들어갔던 재료보다 한 단계 높은 재료. 그것이 동굴 안에 있었다.

칼드가 굳이 하오든 길드의 손을 빌리는 이유는 간단했다.

'빌어먹을 바라스 왕국에서 이 사실을 안다면 내게 양보할 리가 없지!'

그 사실을 알자마자 광산을 통제하고 경비를 서게 할 것이다. 그러면 자신이 들어갈 틈이 없다.

하지만 허술한 지금이라면, 왕국 병력을 모조리 잡아내고 들어갈 수 있을 거다. 대신에 하오든 길드는 바라스 왕국에게 쫓기겠지. 하지만, 그들이 하는 일이 본래 그런 거다. 더러운 일을 대신해 주고 추격을 당하는 것!

'그 재료를 이용해 아티팩트를 만들 수 있는 사람은 지금 딱 세 사람뿐이다.'

칼드는 그 사람들을 곱씹었다.

한 명은 자신보다 위에 있는 랭킹 1위인 카샤스. 또 다른 한 명은 베일에 감춰진 드래곤 소드 제작자.

1위인 카샤스는 지금 드워프의 땅에 가 있다. 그리고 베일에 감춰진 드래곤 소드 제작자는 몇 개월째 행방불명.

바로 지금이다.

'그 재료를 통해 드래곤 소드를 넘는 아티팩트를 제작해, 더

높은 명성을 쌓는 거다. 크하하하하!'

랭킹 1위 대장장이로 올라선다. 그리고 드래곤 소드를 넘는 아티팩트의 제작! 칼드는 시원하게 웃어버렸다.

채굴 5팀에 속해 있는 대장장이 루완은 땅이 꺼지도록 한숨 쉬는 5팀 채굴 대장 레톤과 마주 서 있었다.

"휴, 어제 왔던 대장장이 친구. 오늘은 안 나오는군."

"도망갔나 봅니다."

"그런 것 같아. 이방인들은 하루가 멀다 하고 이렇게 오자마자 도망을 쳐버리니."

그 말에 루완은 속으로 생각했다.

'내가 히든 클래스 전직 퀘만 안 받았어도 나도 진즉에 도망 쳤다……'

엄청난 작업량. 광산의 일은 실제 막노동보다도 훨씬 더 강도가 높았다. 안은 후덥지근했고 매캐한 흙먼지 때문에 코며, 눈이며 안 아픈 곳이 없었다. 대장장이 숙련도를 올리기 좋은 곳이 광산이라지만 자신도 도망치고 싶을 지경! 하지만 그는 퀘스트를 받은 게 있기에 일주일을 버티고 있었다.

"그런 게으른 것들이 앞으로 뭘 할 수 있겠습니까!"

그리고 그는 레톤과의 친밀도를 올려 떡고물을 받아먹을

수 있지 않을까 하는 생각을 하고 있었다.

물론 그 생각은 요새 점점 작아지고 있다.

'이 채굴팀 전부 잘리기 직전이라니…….. 어휴, 어떻게 들어
와도 이런 곳을 들어오냐, 운도 지지리 없지!'

레톤이 대장으로 있는 채굴 5팀은 광물 채굴량이 가장 적었
다. 그리고 레톤이 바라스 왕국 병력과 마찰이 있었단다. 아닌
척하지만, 지원이 다른 팀에 비해 적다.

그 대표적인 예는 도구들이다. 곡괭이는 녹이 슬대로 슬었
고, 부상자는 넘쳐난다. 그럼에도 일손이 부족해서 계속 투입
된다. 또 재료마저도 부실했다. 하지만 꿋꿋이 버티는 이유는
전사 클래스인 그가 히든 클래스인 '강철의 대장장이'로 전직
할 기회이기 때문이다.

그는 아직 전직하지 못해 뚜렷한 대장장이 기술이 없었지
만, 100레벨대의 전사인 만큼 높은 힘 스텟과 체력 스텟으로
광산 일을 하며 나름대로 사랑을 받고 있었다.

이제 미스릴이라는 특별하게 나오는 광물만 캐면 히든 퀘스
트 강철의 대장장이로 전직하고 이곳과 안녕이란 것이다.

"여어, 레톤. 인사 병사가 채굴 5팀에 한 이방인을 붙여주겠
다던데?"

"오, 정말인가?"

레톤은 환영하는 분위기였다. 일손이 적은 채굴 5팀이었기
때문! 요즘 잘 붙여주지도 않더니, 웬일이란 말인가!

루완은 빠르게 움직였다.

"제가 데려오죠!"

"오, 그러겠나. 자넨 참 싹싹해서 좋아!"

"아닙니다."

루완이 후다닥 움직였다. 싹싹한 척 보였지만, 히든 클래스를 얻고 레톤에게 떨어질 떡고물이 영 안 보이면 자신도 튀겠다는 생각을 하는 중이었다.

그렇게 생각하며 인사 병사 앞에 도착했는데, 웬 이방인이 뭔가를 먹고 있었다. 그것은 초콜릿이었다.

"광산 초콜릿 너무너무 맛있네요……. 와, 광부분들 부럽다. 매일 이런 걸 먹을 수 있다니……!"

"……."

그에 루완은 쯧 혀를 찼다.

'그 초콜릿이 네 임금이다!'

다른 퀘스트를 하면 골드를 주는데, 이곳 광산은 임금도 초콜릿으로 줬다. 팔든, 먹든 자기 자유이긴 했지만.

그러다 루완은 멈칫했다.

"……우, 우는 건가요?"

"너무너무 맛있어서 그래요."

눈물이 그렁그렁한 이방인.

'뭐야, 이 머저리는?'

루완은 그런 생각을 하며 그를 데리고 채굴 5팀으로 향했다. 그러면서 조사를 시작했다.

"혹시 그쪽 분은 레벨은 몇이고 직업은 뭡니까?"

"90레벨 정도고 주 클래스는 요리사입니다. 아, 붕대 감기도 하고 농사도 짓고, 검도 사용해요. 참, 저 그것도 할 수 있어요!"

"뭐죠?"

그의 자신만만한 표정에 루완은 경계하며 그를 바라봤다.

"초꼬파이 없은 자리에서 100박스 먹기!"

루완은 피식 웃었다. 진짜 머저리구나. 그리고 그의 말을 들으며 생각했다.

'누굴 ×신으로 아나. 유저가 어떻게 붕대도 배우고 대장장이 기술에, 요리도 배우고 농사도 배워?'

현실적으로 말이 안 되는 이야기. 생산직 스킬 개수는 배우는 데 한계가 있다. 심지어 그는 레벨 90이라고 하였다. 때문에 그저 허풍 많은 유저라고 생각했다. 초꼬파이 100박스부터가 말이 안 되니까.

"그럼 대장장이 기술은 언제 배우셨죠?"

가장 중요한 질문. 그의 역량을 확인하는 것.

"어제요!"

'얼이나 안 타면 다행이겠군, 나를 대신할 잡일 담당이 생겼어.'

그는 피식 웃었다. 그리고 이어 광부들 앞으로 데려갔다.

민혁이란 유저가 꾸벅 고개를 숙여 보였다.

"안녕하세요. 민혁이라고 합니다. 잘 부탁드립니다!"

"오호, 싹싹한 친구군. 그래."

레톤은 빙긋 웃어 보였다. 그러던 중 루완은 고개를 갸웃했다.

"어? 레톤 님. 무릎이……."

그의 무릎은 작업복이 찢겨져 피가 흐르고 있었다.

"아, 이거 방금 수레를 끌다가 넘어졌네."

"아니, 대장님이시라는 분이 무슨 수레를 끌다 넘어져요. 맘 아프게!"

물론 그것은 가식에 절은 말이었다.

그때. 민혁이란 유저가 앞으로 나섰다.

"혹시 제가 그 상처를 봐도 될까요?"

"응?"

"어?"

레톤과 루완이 고개를 갸웃했다.

민혁은 레톤이란 말에 그가 바로 '초콜릿 나무'에 관련한 사실을 알고 있는 이임을 직감했다. 그리고 그의 무릎에서 흐르는 피! 붕대 감기 숙련도를 올리고 아픈 그도 치료해 줄 기회! 레톤은 조금 못 미더운 표정이었다.

"자, 자네 힐러라도 되는가? 아니지, 힐러가 여길 왜 와?"

"아, 붕대 감기 스킬을 배웠습니다."

"붕대 감기?"

"예."

민혁은 그렇게 말하며 그의 무릎에서 흐르는 피를 휴지로 닦아내고 붕대를 꺼냈다.

루완은 그를 보며 이런 생각을 했다.

'90레벨짜리 붕대 감기가 효과가 있으면 얼마나 있다고. 쯧!'

그는 붕대 감기 스킬에 대해서 잘 알고 있었다. 정말 현실에서 붕대만 감아주는 듯한 느낌!

이어 민혁이 붕대 감기를 시전했다.

"붕대 감기!"

그의 손이 부드럽게 움직인다. 마치 수천 번 붕대를 감아본 것처럼. 그 손놀림에 루완의 눈이 크게 떠졌다.

'억? 왜 이렇게 잘 감아?'

[붕대를 최고로 잘 감았습니다.]
[바로 지혈됩니다.]
[상처 회복률이 2% 상승합니다.]
[회복 시간이 매우 빨라집니다.]

"피, 피가…… 바로 멎었어……!"

민혁은 마네킹으로 할 때와 다르게, 실제로 다친 이를 치료할 땐 지혈이 되느냐 안 되느냐도 중요하다는 걸 알았다.

붕대를 최고로 잘 감을 경우, 대부분 지혈이 된다. 일단 피가 멎게 하는 것만 해도 다친 이에게는 좋은 것이었다. 더군다나, 상처 회복 속도 상승, 거기에 기존의 초급 붕대 효과에 플러스 효과까지.

붕대 감기는 당장의 효과를 중요시하는 게 아니다. 차근차근 회복되는 것. 그리고 지금 레톤은 단지 붕대를 감은 것만으로도 저릿저릿한 통증이 싹 사라지고 지혈이 되며 무릎이 조금 전보다 잘 움직여지는 것을 볼 수 있었다.

그는 다리를 이리저리 움직여봤다.

"크, 고맙구만! 오늘 일에 지장 생기면 어쩌나 했는데."

[레톤과의 친밀도가 상승합니다.]

"헤헤, 아무것도 아닙니다."

하지만 거기서 끝이 아니었다. 민혁의 눈이 매처럼 움직였다. 그러더니 레톤의 장비를 보았다.

"아닛! 이렇게 이가 다 나가고 당장 부러지기 직전의 것으로 채굴을 한다니요!"

"휴……. 빌어먹을 바라스 왕국 놈들이 지원을 안 해주는데 어쩌겠나."

도구는 중요하다. 한데, 이런 곡괭이로 채굴을 한다? 부러지지 않으면 다행이리라.

"줘보십시오. 제가 수리해 드리겠습니다."

"오호, 그래? 자네 대장장이 기술은 언제 배웠나?"

"어제요!"

"……."

레톤은 루완이 처음 지었던 표정과 비슷한 표정이었다.

그 이유는 하나였다. 대장장이 기술의 경우 농사, 붕대 감기와 다르게 실패 확률도, 리스크도 크다. 비록 표기되지는 않았지만. 대장장이 기술을 어제 배웠다면 말 그대로 초짜 중의 초짜였다. 요리 한 번 안 해본 사람이 똑바로 된 레시피도 없이 밥을 지으면 제대로 될 리가 없다. 그처럼 실패할 수도 있다는 거다. 실패하면? 그 확률에 따라 다르지만 내구도가 대폭 하락하고 일정 이하로 떨어지면 부서질 수도 있다.

"아, 으응? 아, 꽤, 괜찮네!"

"괜찮다니요. 어찌 그런 곡괭이로 광물을 캔다고 하십니까!"

"……."

레톤은 초롱초롱 눈을 빛내며 '도와주고 싶다, 격렬하게 도와주고 싶다!'라는 눈빛을 짓는 그를 보며 망설였다.

그러다가 문득 떠올랐다.

'아 참, 안 그래도 내구도가 다 돼서 버리려고 하던 게 있었지.'

그는 그 곡괭이를 민혁에게 건넸다.

"이거나 좀 수리해 주게!"

"알겠습니다."

루완은 그 모습을 보며 쯧 혀를 찼다.

'와장창 깨지겠군.'

곡괭이의 쇠 부분이 깨질 것이다. 초급 대장장이들한테 아티팩트를 맡기는 건 고양이한테 생선을 맡기는 격! 주위에 대장장이 친구들이 많기에 알았다.

민혁은 엘레의 식칼을 해머 모양으로 변형시켰다. 그다음 초보 대장장이들이 쓰라고 놓은 듯한 모루 위에 곡괭이를 올렸다.

"수리!"

그러자 어디를 두들겨야 할지 그의 눈에 보였다. 손재주 스텟의 위엄! 거기서 끝이 아니었다. 알림으로 들리진 않았지만, 손재주 스텟이 1,000이 된 이후로 민혁은 달라진 것 하나를 추가로 알 수 있었다.

본래 붕대 감기를 할 때 표시는 하얀색으로 나타났다. 한데, 이젠 하얀색과 그 하얀색의 틈에 붉은색 부분이 보였다. 즉, 이 붉은색 부분은 더 세심하게 붕대로 감으라는 것과 같았고, 대장장이 기술로는 더 신중히 두들기라는 것이었다.

탱!

탱!

민혁의 해머가 열심히 움직였다. 빛의 색을 따라 두들기는 그의 솜씨는 오랫동안 대장장이를 해온 이처럼 노련했다.

'어, 어제 배운 것 맞아······?'

사실상 루완도 가끔 여기에서 모루 위에 뭔가를 놓고 두들
겼다. 대장장이는 자신의 기초적인 실력도 꽤 중요했기 때문!
한데, 저런 자세, 저런 노련함은 나오지 않았다.

수리가 끝나자, 다 깨져가던 곡괭이가 번들거렸다.

[곡괭이를 최고로 잘 수리하셨습니다.]
[내구도가 대폭 상승합니다.]
[잘 녹슬지 않게 됩니다.]
[채굴 효과가 상승합니다.]

"······?"

그리고 민혁은 자신조차도 다소 놀란 표정으로 곡괭이를
바라봤다. 경악한 표정의 루완이 중얼거렸다.

"서, 설마 '최고로'가 뜬 겁니까?"

"네!"

"······이럴 수가. 초보 대장장이는 수천 번은 해야 한 번 뜬
다는 그게 이렇게 쉽게 뜨다니."

"예?"

고개를 갸웃하는 민혁을 본 루완이 설명했다.

"대장장이의 '최고로'는 레벨이 높은 대장장일수록 확률이
상승하지만, 결코 쉬운 게 아닙니다. 가끔 자신이 잘하는 분야

도 더 잘 되는 듯한 느낌이 들죠? 그런 거라고 보면 되는데, 최고가 나오면 특혜를 받죠."

"아."

붕대 감기에 있는 특혜처럼 대장장이 기술에도 특혜가 있는 것! 한데, 이 대장장이 기술의 특혜는 영구적이라는 게 좋은 것 같았다. 레톤은 거의 망가져 가던 곡괭이가 번들거리자 감탄했다.

"원하신다면 곡괭이를 갈아드릴 수도 있습니다."

"오오, 그래 주겠나?"

"넵!"

그리고 민혁의 초급 대장장이 기술이 5를 넘어섰을 때 생긴 특수 능력! 바로 날 다듬기와 방어구 다듬기!

민혁은 날 다듬기를 사용했다.

[곡괭이의 날을 최고로 잘 다듬었습니다.]
[내구도가 상승합니다.]
[채굴 효과가 상승합니다.]

역시 또 최고로 잘 갈았다!

민혁은 흐흐하고 웃었다.

'이로써 초콜릿 나무에 관해서 물어보면 더 잘 가르쳐 주실지도 몰라!'

레톤은 곡괭이를 확인해 봤다.

(잘 다듬어진 곡괭이)

등급: 노멀

제한: 없음

내구도: 368/800

공격력: 76

채굴력: 152+42

"오……!"

레톤은 본래 내구도가 6/800였던 게 대폭 늘어난 걸 볼 수 있었다. 거기에 채굴력이 42나 붙었는데, 그것은 민혁에 의해 붙은 효과였다!

레톤은 직감할 수 있었다.

'우리 채굴팀에 이런 인재가 들어오다니!'

그리고 그 모습을 지켜보는 루완. 그는 이게 평범한 일이 아니라는 것을 알아챌 수 있었다.

'어떻게 두 번 연속으로 최고가 뜨지……?'

말도 안 되는 일이었다.

레톤이 아는 대장장이 중에는 국내 대장장이 중 열 손가락에 꼽히는 자도 있었다. 그에게 듣기로 '최고'라는 것은 정말 그날 운이 좋아야 가능하다고 했다.

그런데, 이게 어찌 된 일이란 말인가?

박 팀장이 중얼거렸다.

"민혁 유저가 레벨은 낮지만, 손재주 스텟이 너무 높기 때문이지……."

그 말에 이민화도 고개를 끄덕였다.

"자네도 잘 알지?"

"물론입니다."

이민화는 모니터를 보면서 브리핑했다.

"손재주 스텟은 사실상 무척이나 올리기 어려운 스텟이죠. 막노동으로 올리는 것도 한계가 있는 법이니까요. 또한, 레벨이 높아질수록 습득률은 더 낮아지는 편입니다."

"그렇지."

박 팀장이 끄덕이자 이민화는 계속 브리핑했다.

"평균적인 100레벨 비전투 직업 유저의 경우 손재주가 약 200 정도이고, 이 중에서 조금 더 특별한 이들. 즉, 손재주 스텟이 100레벨에 평균인 200보다 월등히 높은 유저에게 특전이 주어지는 겁니다. 따라서 레벨 100이 되기 전에 스텟 1,000을 달성하는 것은 단순히 손재주 스킬의 힘이 두 배가 되는 게 아니죠. 매번 사용하는 손재주 스킬이 가장 강력한 최고의 힘을 발휘하게 되는 겁니다."

"그리고 민혁 유저는 앞으로 그게 계속될 거고 손재주도 계속 오르겠지."

"……예."

그렇게 되면? 손재주 스킬들은 예측 불가할 정도의 방향으로 계속 변하며 힘을 드러낼지도 모른다.

"레벨을 올려서 습득률이 낮아지는 걸 바라는 수밖에 없나?"

"그렇겠죠."

이어서 박 팀장은 또 다른 모니터를 확인했다.

그 모니터엔 또 다른 신 클래스, 헤파스의 후예인 혜민아빠가 있었다.

혜민아빠는 이마에서 흐르는 땀을 목에 걸려 있는 수건으로 닦아냈다.

'혜민이가 병원 밥을 그렇게 맛있게 먹다니…….'

그는 빙그레 웃었다. 가상현실에서 음식을 먹게 된 혜민이는 현실로 돌아오자마자 병원 밥을 야무지게 먹었다. 한 번 음식에 대한 거부감이 사라지자 식욕이 미칠 듯이 폭발한 것이다. 그 모습을 바라보는 혜민아빠는 웃을 수밖에 없었다. 그러다 완성되어 가는 프라이팬을 보며 중얼거렸다.

"근데 왜 하필 프라이팬이야! 왜!"

그러다가 그는 넋을 놓고 허공을 보며 중얼거렸다.

"팅…… 팅팅 팅. 탱…… 탱탱 탱. 팅팅 탱탱 프라이팬 놀이……. 태민 둘. 태민, 태민."

멍한 표정을 짓는 그.

현재 프라이팬에는 그리폰의 영혼을 담았다. 지금 추세로만 보아도 드래곤 소드와 비벼볼 만한 옵션과 힘을 가진 프라이팬! 한데, 아직 부족했다. 헤파스의 후예인 그는 완벽주의자였으며 그의 스킬도 마찬가지였다.

지금 미완성된 프라이팬만 본다고 할지라도 사람들은 경악할 것이다. 그리폰의 영혼은 그 정도로 뛰어난 아티팩트 재료였고 그 재료를 헤파스의 후예인 그가 만지지 않았는가.

또 희한하게도 유독 프라이팬은 더 잘 만들어졌다. 하지만 몇 퍼센트 부족한 느낌! 지금 내놔도 상당한 영향력을 가진 아티팩트가 되겠지만 뭔가 재료 하나가 빠진 느낌이었다.

그러다 그는 알 수 있었다.

'프라이팬은 요리하는 녀석이다.'

지금 민혁을 위해 제육볶음이 잘 졸아지는 기능(?)을 넣었다. 이 과정에서는 화속성 광물인 불광석이 다수 들어갔다.

"단순히 불만 아니라, 다양한 속성이 들어갈 수 있는 재료…… 그런 게 있으면 좋겠지."

그 중얼거림 끝에 그는 알 수 있었다.

예전에, 아주 예전에 한 번 들어본 적이 있는 것 같았다. 모든 속성을 품은 뛰어난 아티팩트 재료가 있다고.

"그 재료가 있으면 참 좋을 텐데……."

그는 작게 중얼거렸다.

"오오오오! 자네, 정말 대단하구먼! 내 곡괭이도 고쳐주시게!"

"내 낡아빠진 작업 부츠도!"

"나의 이 안전모도 고쳐주시게나!"

"수리!"

민혁은 채굴 5팀 광부들의 모든 것들을 수리해 줬다.

그와 동시에.

[야르와의 친밀도가 상승합니다.]

[브렌과의 친밀도가 상승합니다.]

[라스노와의 친밀도가 상승합니다.]

광부들과 순식간에 친해졌다.

뿐만이 아니었다.

"얼마 전에 곡괭이질을 하다가 손을 다쳤네만."

"이런……! 제가 치료해 드리겠습니다. 붕대 감기!"

'스킬들을 모조리 마스터한다!'

손재주 관련 스킬은 반복할 때마다 손재주 스텟이 상승하지 않던가! 그 특전을 위해 민혁은 나아갔다.

그리고 그는 공짜가 아니었다.

"이제부턴 철광석을 캐다가 가끔 나오는 그 초콜릿을 저에게 주시면 해드릴게요! 저도 남는 건 있어야죠!"

"아, 뭐 그 정도야! 하하, 수리비만 하겠나?"

"자, 여기 초콜릿이네!"

"아, 나도 여기 초콜릿 네 개 있네."

"난 열 개 있네! 그러니 내 얼굴도 잘생기게 고쳐줄 순 없나?"

"다, 다시 태어나……."

"응?"

한 광부의 무리한 부탁에 식은땀을 삐질삐질 흘리며 중얼거린 말!

'세상에 못생긴 걸 어떻게 고쳐! 붕대 감기가 외과, 성형외과, 내과도 아니고!

하지만 어떻게 보면 그토록 붕대 감기가 톡톡히 힘을 발한다는 거였다.

민혁은 노련한 말솜씨를 선보였다.

"주먹만 한 코! 남성을 상징하는 것 같군요, 쭉 찢어진 눈매. 마치 매의 눈과 같습니다. 큰 바위 같은 얼굴! 메이플 스또리 캐릭터 같아요! 이만하면 훌륭한걸요? 엄청난 미남이십니다!"

"크하하하! 고맙네, 그런데 메이플 스또리는 뭔가?"

"있습니다. 낙엽이 떠오르는 게임."

"그렇군, 크하하하하. 이봐 이 친구가 나보고 잘생겼대!"

그에 한 사내가 민혁 귀에 속삭였다.

"자네, 양심을 초콜릿과 같이 말아먹었군?"

"……."

민혁은 괜스레 코끝이 찡해졌다.

아무튼, 그는 숙련도도 올리고 초콜릿도 먹으며 꿩 먹고 알 먹고를 하고 있었다. 그러다가 레톤에게 초콜릿 나무에 관해 물었다.

"초콜릿 나무?"

레톤은 생각했다.

'초콜릿 나무…… 는 분명히 실존해, 하지만 아무한테나 알려줄 순 없지.'

민혁은 레톤 기준으로 처음 보는 이였다. 친절한 것 같긴 했지만 말이다. 그 때문에 일단은 그가 어떤 이인지 알아볼 필요가 있다는 생각에 말했다.

"그건 그저 전설로만 내려져 오는 이야기 아니겠는가? 나도 실은 잘 모른다네. 하하."

"아…… 그렇습니까?"

민혁은 안타까운 표정을 지었다. 전설의 실마리가 이렇게 끝나는가? 아니, 아니었다. 민혁에겐 그게 있지 않던가. 바로 재료추적 스킬. 분명히 그 요리의 효과에는 '병든 자도 낫게 한다'는 내용이 있었다. 그걸 토대로 추적을 시작한다.

'재료추적 스킬을 1회 사용한다.'

그와 함께 한식, 중식, 일식, 양식 등이 떠오른다. 물론 그중에는 디저트도 있었다. 초콜릿 하면 당연히 디저트다.

[디저트가 선택됩니다.]
[원하는 버프 효과가 있으십니까?]

'병든 자도 낫게 한다.'

[반경 1㎞ 내에서 재료를 탐색하고 있습니다.]
[재료 탐색에 성공합니다.]
[초콜릿 나무는 죽은 자도 살릴 뿐만 아니라, 다양한 힘을 품은 전설의 재료입니다.]
[식신의 요리 스킬 1레벨부터 요리 가능.]
[추천하는 메뉴. 브라우니.]

"……!"

그리고 민혁은 재료추적 스킬에 붙은 또 다른 효과를 알았다. 저번에 오크 부족장의 정수를 탐색해 냈을 때, 1㎞ 정도일 땐 그의 위치가 자세히 뜨지 않았지만, 600m 정도까지 근접했을 땐, 그가 어디에 위치해 있는지 붉게 표기되어 나타났었다.

민혁의 시선이 주위를 훑었다. 때마침 왕국의 병력이 나오고 있었다.

"나타난 몬스터들 모두 처리했습니다. 광부들 모두 투입하셔도 됩니다."

"자, 이제 가지! 이 새로 풀 세팅된 장비들을 가지고 말이야!"

그 말과 함께 민혁의 시선이 다른 채굴팀이 들어갈 동굴 쪽을 향했다. 그 안에선 표시되지 않았다.

하지만 민혁이 함께 들어가는 곳에서는 똑똑히 보여지고 있었다. 붉은 표시가.

즉, 채굴 5팀이 맡은 곳. 그곳이 바로 초콜릿 나무가 있는 곳으로 들어가는 입구라는 증거였다.

민혁의 주먹에 불끈 힘이 들어갔다.

"브라우니……."

"예? 뭐라고요?"

그 중얼거림에 루완이 고개를 갸웃했다. 하지만 민혁의 귀엔 들어오지 않았다.

민혁은 카페에서 친구들과 공부를 하다가 '야, 우리 브라우니 하나 먹을까?' 하고 시켜 먹는 걸 좋아했다. 그 부드럽고 촉촉 달콤한 브라우니를 입에 넣으면 정말 녹는다는 말이 딱 나온다. 거기에 씁쓸한 맛의 아메리카노를 먹으면.

"짱 맛이야!"

"흐어어억!"

"컥!"

모두가 순간 그의 외침에 깜짝 놀라 뒤를 돌아봤다.

"아, 죄송합니다."

"……놀랐네."

"심장 떨어질 뻔했구만."

그리고 한 광부가 레톤에게 다가가 말했다.

"신참 참 착하고 싹싹하고 수리에, 치료 능력에 유능한 친구 같군. 생긴 것도 잘생겼고. 근데 좀 이상해."

"……인정하네."

3장
우리 누나한테 이를 거야

민혁은 동굴 안으로 들어갔다.

광부들과 함께 안쪽으로 들어가자 죽은 몬스터들이 보였다. 놈들은 시간이 지나면 저절로 사라질 것이다.

광부들은 각자 자리를 잡았다.

"루완. 자네가 같은 이방인이니 알려주게."

"옙, 알겠습니다."

그에 루완은 민혁의 옆에 서서 양손에 침을 퉤퉤 하고 뱉었다.

"자, 이렇게 곡괭이를 힘껏 들어 올리고!"

루완은 곡괭이를 든 후에 힘껏 찍었다.

콰지익!

그러자 돌무더기가 튀었다.

그가 피식하고 웃었다.

'아직 전직하지 않았지만, 내겐 강철의 대장장이 전직 과정에서 생긴 '강철의 채굴' 스킬이 있지. 후후!'

그렇게 생각하며 그는 열심히 철광석을 캤다. 5분 동안 캐자 하나가 나왔고, 주변에서 감탄하는 소리가 들렸다.

"오, 루완 저 녀석 벌써 캤는데?"

"크하, 힘 한번 제대로 쓰는군!"

"루완이 우리 팀 에이스라고!"

그들의 말을 들으며 루완은 어깨를 으쓱했다.

"5분 만에 하나 캐면 꽤 대단한 겁니다. 민혁 님은 1시간 동안 두 개 정도 캐실 것 같군요."

그 말을 들으며 민혁은 고개를 끄덕였다.

확실히 루완이 가장 빨리 캤다. 그가 가진 강철의 채굴 스킬은 아직 완전해지지 않았음에도 상당한 힘을 발휘하는 것!

루완은 채굴 노가다에 있어서 자신을 따라올 자는 없을 거라고 생각했다. 또한 운이 좋았기에 곧바로 나와준 것이지, 사실 그도 15분에 하나 캘까 말까였다.

민혁은 엘레의 식칼을 곡괭이로 변형시켰다. 그러자 벽에 붉게 표시된 곳이 있었다. 그는 양손으로 곡괭이를 쥐었다. 그다음 힘껏 붉은빛을 뿌리는 그곳을 가격했다.

후우웅-

퍼짓!

후두두두둑!

그 순간 곡괭이가 루완이 가격했을 때와 비교도 할 수 없을 정도로 돌무더기가 떨어졌다. 그와 함께 알림이 울렸다.

[초급 대장장이 기술에 채굴을 추가하기 위해선 숙련도 100%를 달성해 주시기 바랍니다.]

채굴은 다른 추가 능력과 다르게 직접 해봐야 대장장이 기술 안에 추가시킬 수 있었다.

한 번 더 가격하는 순간.

후우웅-

퍼짓!

후두두둑-

[철광석을 획득합니다.]

"오, 철광석……!"

민혁은 감탄했다. 단 두 번 만에 철광석이 나타난 것이다.

그 모습을 옆에서 바라보던 루완이 눈을 크게 떴다. 레톤 역시 그 모습을 봤다.

"컥!"

"우, 우연이겠지……."

"오늘 신참이 첫날부터 운이 좋구만!"

그에 민혁은 다시 한번 벽을 두들겼다.

후우웅-

퍼짓!

후두두둑-

[철광석을 획득합니다.]

"오, 또 다!"

"……."

"……."

주변 인물들은 순간 말문이 막혔다.

옆에 있던 루완이 중얼거렸다.

"당신……. 대체 어떻게……."

자신은 히든 클래스인 강철의 대장장이 채굴을 가지고 있다. 비록 완전히 익히진 못했지만, 숙련도 막바지에 다다른! 그런데, 어떻게 이제 막 채굴을 시작한 이가 이토록 잘 캔단 말인가!

"비, 비결이 있나?"

"밥 잘 먹으면서 열심히 막노동하면 됩니다!"

"……음."

루완은 정말 그런가 하는 의심이 들었다.

민혁은 '재료추적'이 알리는 방향 쪽에 섰다. 그리고 그 방향에 서서 곡괭이를 힘껏 쥐었다.

'먹는다…… 브라우니!'

후-우-우-웅!

퍼지잇!

후두두둑!

[철광석 초콜릿을 획득합니다.]

'먹는다…… 초콜릿!'

후-우-우-웅-

퍼지잇!

후두둑!

'먹는다. 카페모카!'

퍼지잇!

후두둑!

그는 계속해서 채굴을 진행했다.

'맛있는 초콜릿!'

한 영화의 명대사에 이런 말이 있다.

'인생은 초콜릿 상자와 같다.'

초콜릿 상자 안에는 정말 달콤한 초콜릿이 있을 수도 있지만, 쓴맛을 내는 초콜릿이 들어 있을 수도 있다.

어떤 맛을 내는 초콜릿인지 모르고 집었을 때, 쓸지 달지는 아무도 알 수 없다. 그것이 인생과 같다고 하였다. 우리가 원하는 달콤한 길일 수도, 때론 우리가 싫어하는 씁쓸한 길일지도 모른다고 하였다.

민혁에겐 그 말이 하나도 와닿지 않았다. 그에게 초콜릿 상자를 인생과 비교하자면 정말 텅텅 비어버린 초콜릿 상자라고 할 수 있을 것이다.

하지만 이젠 다르다. 아테네에 접속하고 나서 민혁은 자신의 초콜릿 상자 안으로 달콤하기만 한 초콜릿들을 채우고 있었다. 초콜릿 나무는 그중 하나가 될 것이다.

그 때문에 민혁은 온 힘을 담았다.

후우웅!

콰직!

후두둑-

곡괭이로 내려칠 때마다 매캐한 연기와 흙먼지가 피어오른다. 그것이 코로 들어가고 땀에 온몸이 젖어버린다. 또한, 갈수록 양팔이 저릿저릿해진다.

하지만 그는 힘들어도 기뻤다. 웃음이 났다.

후우웅!

콰직!

후두두둑!

시간이 얼마나 흘렀는지도 알 수 없다. 그저 계속해서 곡괭이를 휘둘렀다. 뒤에서 레톤과 광부들의 목소리가 들리는 듯하다.

"지금 한 시간이 넘었어!"

"자네, 너무 무리하는 거 아닌가?"

하지만 곧 그들은 알 수 있었다.

'우리의 목소리가 들리지 않는 건가……!'

'이럴 수가. 이런 집중력이라니!'

민혁은 체감하지 못하는 것 같았지만 벌써 두 시간이 지났다. 보통 고강도 작업량 때문에 40분 작업하고 20분을 쉬는데, 그는 2시간 동안 꼿꼿하게 나아가고 있었다.

그리고 민혁은 집중하고 있어 듣지 못했지만, 알림이 들렸다.

[철광석을 획득합니다.]

[스킬 의지가 발동됩니다.]

[손재주에 관련한 모든 것들이 일시적으로 28% 상승합니다.]

그의 움직임에 속도가 붙기 시작한다.

후우웅-

콰지익!

후두둑!

거기서 끝이 아니었다.

[손재주 1을 획득합니다.]

알림은 계속해서 들려왔다. 하지만 그에겐 오로지 초콜릿밖에 들어오지 않았다.

계속 그렇게 한참을 두들겼다. 도중에 손이 까지면, 그 손에 '붕대 감기'를 해버렸다.

[초급 대장장이 기술에 채굴이 추가됩니다.]

어느덧 숙련도가 가득 채워졌다. 그리고 그 뒤로는 엄청난 양의 철광석이 쌓여만 갔다. 그 양은 채굴 5팀의 광부들이 캐낸 양과 비슷하다고 할 수 있을 정도다.

그리고 다섯 시간이 더 지났을 때.

콰지잇!

후두두둑!

드디어 민혁의 손이 멈췄다. 그는 이마에서 흐르는 땀을 훔쳐냈다. 온몸이 땀으로 흠뻑 젖어 있었다.

그가 멈추자 다른 이들도 모두 멈췄다. 그들은 민혁으로 인해 평소보다 더욱더 열심히 힘을 냈다.

'신참이 저렇게 열심히 하는데, 우리가 쉬고 있을 수는 없지!'

'우리도 캐자! 이대로 잘릴 순 없어!'

본래 채굴 5팀의 채굴량은 가장 적었다. 그래서 당장 오늘내일 잘릴 위기에 처해 있는 상황! 특히나, 민혁이 곡괭이와 장비들을 수리해 준 덕분에 채굴은 평소보다 더 쉽게만 느껴졌다.

수북하게 쌓여 있는 철광석들. 루완은 따로 민혁이 캔 것들을 빼놓았다. 그것들의 숫자를 세어본다.

"152개······."

"······."

"······."

모두가 말문을 잃었다.

채굴 5팀이 반나절 동안 캐야 나올 양! 그리고 채굴 5팀도 자그마치 194개를 캐냈다. 이 정도라면 하루 채굴량을 채우고도 넘치는 정도!

"당신 정말 대단하군요······."

루완은 감탄에 감탄을 거듭했다. 사람이 그렇게 열심히 철광석을 캘 수 있단 말인가? 새삼 아까 전 그가 했던, 열심히 막노동하면 된다는 말이 떠올랐다.

'이 정도 노력하는 사람한텐 당연한 거지!'

민혁은 초콜릿이 먹고 싶기 때문에 열심히 하는 것뿐.

하지만 다른 이들이 보기엔 아니었다. 당장 생계가 연결된 광부들도 하기 싫은 것인데, 이방인들이 이토록 하긴 쉬운 게 아니니까.

민혁은 철광석 초콜릿을 집어 들었다. 철광석 초콜릿은 특별하게 생기진 않았다. 철광석 같은 껍질이 은박지처럼 뒤덮여 있었고 그것을 벗겨내면 검은색 초콜릿이 모습을 드러낸다. 크기는 성인 남성 주먹보다 조금 더 컸다.

민혁은 그 주먹만 한 크기의 철광석 초콜릿을 먹어치웠다. 한 개, 두 개, 세 개, 네 개, 다섯 개. 앉은 자리에서 쉴 새 없이 당 충전을 했다.

그 모습을 광부들과 루완이 넋 놓고 바라봤다.

"철광석 초콜릿 하나에…… 1kg 정도 아닌가요?"

"그렇지……."

"근데 지금 열네 개째니까…… 14kg을 먹었네요. 아니지, 아까 요기 앞에서도 수리해 주면서 초콜릿 받아서 먹었잖아요? 거기서도 한 열 개 먹었으니 오늘 한 30kg 드신 것 같은데……."

"……!"

"……!"

루완의 중얼거림에 레튼과 광부들은 뜨악할 수밖에 없었다.

철광석 초콜릿은 열 개 중 하나꼴로 나오고, 일반 철광석 두 배의 값어치를 한다. 초콜릿 먹방을 보던 그들은 코끼리를 바라보듯 민혁을 보았다.

앉은 자리에서 다 먹은 민혁이 다시 철광석을 캐려던 때였다.

"자네, 나 좀 보겠나?"

"네?"

민혁은 레톤의 말에 고개를 갸웃했다. 그는 민혁을 광산 안쪽으로 이끌었다.

"사실 아까 전에 했던 말 있잖나. 초콜릿 나무에 관한 질문."

"아, 네!"

"거짓말을 했네, 초콜릿 나무는 실존해."

그에 민혁은 고개를 주억였다. 자신은 이미 재료추적을 통해 알고 있던 사실.

"사실 그 초콜릿 나무를 아무한테나 알려주는 건 아닌 것 같아서……. 하지만 인제 보니 자네는 아무나가 아닌 것 같아."

그와 함께 민혁에게 알림이 울렸다.

[시크릿 퀘스트 '진정으로 초콜릿을 사랑하는 자'를 완료했습니다.]

[특별한 광물을 캐낼 때마다 철광석 초콜릿보다 더 특별한 초콜릿을 얻을 수 있습니다.]

"오……?"

민혁은 감탄했다. 시크릿 퀘스트라니?

그는 생각해 봤다.

'전설을 아무에게나 가르쳐 줄 순 없으셨던 거겠지. 난 레톤 님을 만난 순간부터 은연중에 시크릿 퀘스트를 하고 있었던 거고!'

시크릿 퀘스트는 항상 이런 식이었다. 언제 어디서 튀어나올지 모르는 퀘스트!

민혁은 신이 났다.

특별한 광물을 캐내면 철광석 초콜릿보다 더 특별한 초콜릿을 얻을 수 있다니!

이어 레톤은 한숨을 쉬며 말했다.

"자네가 초콜릿 나무에 다가가면 참 좋겠지만 아쉽게도 전설엔 이런 말이 있네."

그는 잠시 뜸을 들였다.

"열쇠를 가진 자만이 초콜릿 나무로 가는 길을 열 수 있다."

"……그럼 전 어떤 일을 해도 못 가는 건가요?"

"글쎄, 그건 모르지. 하지만 내가 알고 있는 사실로는 그래, 자네에겐 지금 열쇠가 없으니까."

조금 시무룩해지는 이야기이긴 했다.

하지만 민혁은 낙담하지 않았다. 캐다 보면 언젠가 되지 않을까? 세상에 불가능은 없다.

그리고 바로 그때.

우르르르르-

"응?"

"……?"

두 사람은 볼 수 있었다. 한쪽에 잘 쌓여 있던 돌무더기들이 갑자기 저절로 무너져 버리는 것을.

두 사람은 의아한 표정을 지었다.

브로니. 그는 브레트니 광산 인근에 도달했다.

'광산을 접수하기 전 그 안을 확인해 보는 건 필수지.'

NPC들을 죽이고, 광산을 접수한다.

그전에 전체적으로 둘러봐야 했다.

그는 30분 동안 투명화 모드가 되는 꽤 값비싼 연금술 물약
도 마셨다. 이는 투명화가 되는 대신에 30분 동안 공격도 가할
수 없다.

'광산에 배치된 병력은 총 서른 명. 어렵지 않겠군.'

고개를 주억인 그는 이어서 '5번 채굴'이라고 써진 곳으로 깊
게 들어갔다. 안으로 들어가자 열심히 일하고 있는 광부들이
보였다.

'호오, 저 은박지 같은 게 철광석 초콜릿인가? 신기한데?'

소문으로만 들었던 철광석 초콜릿! 한데, 광부들이 먹은 것
인지 초콜릿은 어디에도 안 보이고 빈 껍데기들만 보였다.

브로니는 안쪽으로 더 들어갔다.

'이쪽에서 사람들이 이야기하는 소리가 들리는데, 아직 작
업하는 사람이 있나?'

사람이 있다면 꼼꼼히 체크해야 했다. 혹시나 예외로 쳐야

할 강한 왕국 기사 같은 자들이 있을지 모르니까.

　그렇게 들어가던 중. 브로니의 몸이 부들부들 떨렸다. 그는 자신도 모르게 뒷걸음질 쳤다.

　아버지의 목소리가 귓가에 맴돌았다.

　'범의 새끼가 다 자라나, 이제 범이 될 나이가 되었다는 것.'

　완전히 다 자라났을 거라는 범. 그리고 과거 자신의 흑역사의 악몽의 주인공.

　'가, 강민혁……!'

　그는 실수로 소리를 지를까 봐 입을 양손으로 힘껏 틀어막고 자신도 모르게 뒷걸음질 쳤다. 그러다가 광부들이 쌓아놓은 돌무더기를 치고 말았고, 돌무더기는 우르르르 무너졌다.

　"응?"

　"……?"

　두 사람의 시선. 그리고 그중 하나인 강민혁의 시선이 자신 쪽으로 향했다.

　쿵쾅쿵쾅쿵쾅!

　그의 심장이 미칠 듯이 요동쳤다.

"이렇게 잘못 쌓아놓으면 가끔 쓰러지곤 하네."

"아, 그렇군요."

곧이어 두 사람이 고개를 돌렸다. 브로니는 안도의 한숨을 쉬었다.

'휴……'

그는 가슴을 추슬렀다. 그때의 기억이 지금으로썬 '흑역사였지, 참' 이러고 말 정도였지만 그땐 정말 끔찍했었다. 강민혁은 한번 물면 놓아주지를 않는 녀석이었다. 그 녀석이 하필 브레트니 광산에 있다니!

그러다가 멈칫했다.

'근데 이 녀석……'

그는 눈을 가늘게 떴다. 분명히 그가 한 손에 들고 있는 것은 곡괭이였다. 브레트니 광산은 100레벨 정도의 대장장이들이 많이 찾는다. 즉, 민혁은 아직 100레벨이 되지 않았다고 유추할 수 있다. 거기에 생산직 직업!

'하지만 아직 확신할 순 없어.'

예외의 수는 언제든 존재한다. 그는 그때보다 훨씬 성숙해진 강민혁을 요모조모 살펴봤다. 키가 10㎝ 정도는 더 커졌고 앳된 얼굴도 성숙해졌다.

'인생 진짜 불공평해, 진짜 잘생겼네.'

그것 하나만큼은 브로니도 인정해야 했다.

그러고 보면 그는 이사를 간 후에 본래 연락하던 반 아이들하고도 연락이 끊겼었다고 한다. 그 이유는 모르겠다.

아버지는 그와 마찰을 일으키지 말라고 말씀하셨다. 하지만 그건…….

'현실에서의 일이지!'

게임에서 PK당했다고 대단하신 일화그룹 아드님께서 공개적으로 자신들을 공격하겠는가? 그건 말이 안 되는 이야기였다. 그리고 만약 그가 생산직 직업이 정말 맞는다면?

'내가 저놈을 언제 밟아보겠어!'

아버지 말을 잘 들을 브로니가 아니었다!

그는 곧 브레트니 광산을 벗어났다. 다시 투명화 물약을 마신 후, 주변을 꼼꼼히 확인했다. 그리고 채굴장 안으로 들어가 사람들의 이야기를 엿들었다.

"나도 저 녀석 보니까, 새삼 더 열심히 해야겠다는 생각이 드네, 붕대 감기에, 대장장이 기술, 심지어 요리도 한다지?"

"대단한 친구야!"

그런 이야기들을 들으며 종합해 봤다.

'생산직 직업이라고 해도 보유한 손재주 관련 스킬이 세 개 이상이라고? 어떻게 된 거지? 아, 혹시 히든 클래스 같은 건가?'

다른 생산직 스킬을 더 익힐 수 있는 캐릭터? 쉽게 말하면 잡캐다. 그리고 보통 비전투직 직업들은 약하다. 100레벨 비전투직이라면 사실상 70레벨 정도의 힘을 낸다고 보면 될 것이다.

그에 브로니는 알 수 있었다.

‘크하하하하, 내게도 강민혁을 밟을 날이 오는구나!’

그는 입이 찢어져라 웃어젖히며 그날을 학수고대했다.

민혁은 이틀 동안 광산에서 쉬지 않고 철광석을 캤다. 더 특별한 초콜릿이 먹고 싶었기에! 애석하게도 다른 광물은 나오지 않았었다. 하지만, 불굴의 의지를 품고 철광석을 계속해서 캐내자 금빛으로 번들거리는 광물 하나가 나왔다.

[금광석을 획득합니다.]

[원하신다면 특별한 초콜릿을 얻을 수 있습니다.]

“오 오 오 오……!”

민혁이 헤벌쭉 웃자 루완이 다가왔다.

“헉……! 그, 금광석이네요? 와, 이거 철광석보다 훨씬 더 비싼 겁니다!”

“아, 그래요? 그, 그렇다는 건!”

“그렇죠. 아이템 하나 장만…….”

“더 맛있게 먹을 수 있겠죠?”

“에?”

루완은 고개를 갸웃했다. 그게 무슨 소리란 말인가?

민혁은 단숨에 선택했다.

"특별한 초콜릿을 얻는다!"

그러자 금광석에 작은 빛이 맺히더니 이내 은박지처럼 겉이 변했다. 민혁은 은박지 같은 껍데기를 벗겨냈다. 그러자 모습을 드러낸 것. 그것은 다름 아닌, 크런치 초콜릿이었다.

크런치 초콜릿! 안에 바삭바삭한 과자가 들어 있는 초콜릿이다.

"혁, 그, 금광석이 왜 초콜릿으로……."

"퀘스트 받았거든요."

"아…… 아니, 아무리 그래도 금광석을 초콜릿으로 왜 바꿔 먹어요!"

"쓸데없는 금보단 맛있는 초콜릿이 나오니까요!"

"……."

루완은 졌다는 표정이었다.

민혁은 크런치 초콜릿을 확인도 안 해보고 통째로 입에 넣었다. 우물우물 씹으면 달콤함보다 먼저 바삭바삭한 식감이 느껴진다. 그 후에 밀려오는 초콜릿의 달콤함.

"역시 금보단 크런치지!"

그리고 크런치를 먹어치운 순간이었다.

[히든피스 '진정한 초콜릿 광부'를 완료했습니다.]
[30,000,000골드를 획득합니다.]

[광산 안에서 채굴한 초콜릿을 먹을 때마다 골드 획득이 가능해집니다.]

"……?"

민혁은 오호라 하는 표정을 지었다. 그리고 루완을 바라봤다.

"금광석 한 개에 시세가 얼마죠?"

"500만 골드요."

"개이득이네요."

"……?"

민혁은 굳이 그 부분에 대해선 말하지 않았다. 이젠 초콜릿 먹으면 돈도 얻는다! 누이 좋고 매부 좋은 일이었다.

그때 그를 지켜보는 레톤. 그가 빙그레 웃었다.

'초콜릿을 먹고 싶어서라고 하지만 저토록 열심히 하는 친구가 있다니…….'

정말 대단한 이라는 생각이 들었다. 이틀 동안 그는 최소한의 잠만을 잤다. 그 때문에 그를 혼자 두기 그랬던 채굴팀도 강행군을 이어갔다. 채굴팀은 총 다섯 개의 팀이 있는데 채굴 5팀은 민혁 덕분에 다른 네 팀이 이틀 동안 수확한 양보다 더 많은 양을 수확해 냈다. 그에 레톤은 오랜만에 기세등등했다.

'우리 5팀이 이런 사람들이라고!'

그게 다 민혁 덕분이었다.

그는 곧이어 민혁에게 다가가 말했다.

"자네에게 제안할 게 하나 있네."

"제안할 거요?"

"그래."

레톤은 고개를 주억였다.

"혹시 자네 전설의 채굴꾼이 되어볼 생각이 없는가?"

[채굴 대장 레톤이 전설의 채굴꾼을 제안합니다.]
[전설의 채굴꾼을 승낙할 시 대장장이 기술에 능통해지며 다른 이들보다 채굴량이 10배 상승합니다.]

'……!'

민혁은 모르고 있었지만 레톤은 사실 전설 클래스로 전직시켜 주는 지킴이였던 것!

잘리기 직전의 채굴팀. 그리고 그곳의 채굴팀장 레톤! 전설의 채굴꾼 조건은 채굴 5팀이 잘릴 위기를 극복하게 하고 다른 이들보다 채굴량이 압도적으로 높게 만드는 거였다. 민혁은 여러 가지로 그걸 해낸 셈.

"보면 알겠지만, 전설의 채굴꾼은 다른 이들보다 10배 빠른 채굴이 가능하다네. 그리고 능력을 얻을수록 더 뛰어나지고, 대장장이 능력도 특별해져."

"헉!"

그에 반응한 것은 민혁이 아니라 루완이었다.

'채굴량 10배?'

10배가 된다는 것은 엄청난 부자가 될 수도 있는 기회라는 것! 만약 스킬을 얻고 채굴량이 더 뛰어나진다면?

'와……. 생산직 직업이 전설 클래스로 전직하면 로또 맞은 거라더니!'

그 정도의 영향력. 또한, 대장장이 능력까지 출중하다.

한데, 민혁은 그 순간에 어떻게 하면 예의 바르게 거절할까 고민했다.

"제안은 너무너무 감사합니다. 레톤 대장님. 한데, 전 지금 이미 직업을 가지고 있어요. 아주아주 잘 먹는 게 좋은 직업인데, 전 이 직업이 적성에 맞는 것 같아요."

"호오, 채굴보다 적성에 맞나? 하긴, 자네 먹는 걸 보면 천직을 얻은 것 같군. 알겠네."

레톤은 조금 서운해하는 표정이었지만 흔쾌히 끄덕였다.

그리고 민혁은 알 수 있었다. 그런 제의를 받은 것 자체가 이틀 만에 그와 굉장히 가까워졌다는 것을 의미한다는 걸.

"어? 민혁 님, 진짜 안 하죠? 정말로? 그럼 제가 할게요! 저요! 저요! 저 이제까지 막내 일도 잘했잖아요! 저 좀 시켜주세요!"

레톤은 그를 위아래로 훑어봤다.

"자넨……. 음…… 뭐랄까……. 있지 않나, 그런 거……."

"그거요? 그거 뭐요?"

"아, 그런 거 있지 않나."

그 말을 끝으로 레톤은 몸을 돌렸다.

루완은 궁금해졌다.

"아니, 그게 뭔데!"

이렇게 말끝을 흐리며 본론을 말하지 않을 때가 제일 궁금했다.

삼 일째가 되던 날. 칼드는 걸음을 옮겼다.

광산과 멀지 않은 곳. 그곳에 열쇠를 꽂는 곳이 있었다.

'열쇠를 꽂고 2시간 뒤. 그곳으로 가는 입구가 나타난다.'

이 열쇠를 꽂는 순간, 기존에 나오던 몬스터보다 훨씬 강력한 녀석들이 튀어나온다. 그 녀석들을 잡고 버틸 이들은 광산 안에 존재하지 않을 터. 하지만 하오든 길드라면 사냥할 수 있다. 변수는 없을 것이다. 모든 건 완벽히 준비했다.

그는 브로니에게 귓속말을 했다.

[칼드: 준비됐습니까?]

[브로니: 물론입니다. 현재 광산 앞으로 모든 길드원 투입 준비 완료했습니다.]

[칼드: 제가 신호를 보내는 순간 바로 움직입니다.]

[브로니: 예!]

귓속말을 마친 칼드는 검은색 열쇠를 밀어 넣었다.
그와 함께 알림이 울렸다.

[전설의 열쇠를 사용합니다.]
[2시간 뒤 전설로 향하는 길이 오픈됩니다.]

그와 함께 칼드가 귓속말을 보냈다.

[칼드: 바로 지금!]

광산 안으로 들어오는 레톤은 성난 기색이 역력했다.
"빌어먹을 병사 놈들."
"휴, 결국 또 안 해준 답니까?"
"우리 성과가 요 삼 일간 얼마나 대단했는데!"
그들은 투덜거렸다.
삼 일간 많은 철광석을 캤다. 그에 장비와 차별 없는 대우를
요구했건만 놈들은 여전히 입을 싹 닫았다. 물론 이젠 자를 린
없으리라.
민혁은 안쪽에서 열심히 광물을 캐고 있었다.

바로 그때.

"끄아아악!"

"으아아아악!"

"커허억!"

바깥에서 비명이 들려왔다.

"뭐, 뭐야!"

"무슨 소리지?"

광부들은 갑작스러운 비명 소리에 놀라 소리쳤다.

잠시 후 광산의 안쪽 벽에서 형상을 갖추며 걸어 나오는 존재들이 있었다. 바로 아이언 울프들이었다.

"……헉?"

"억!"

광부들이 몸을 벌벌 떨기 시작했다.

원래 이곳에 나오는 몬스터는 광산 울프로 레벨 80~100 사이였다. 한데, 아이언 울프는 준보스급으로 하나같이 레벨이 150을 웃돈다. 그런 놈들이 갑자기 무더기로 나타난 것이다.

"이, 이럴 수가. 모, 모두 도망……!"

레톤의 그 말이 끝나는 순간이었다. 아이언 울프 한 마리가 빠르게 움직였다.

"크르!"

아이언 울프는 레톤의 머리를 노리고 움직였다.

그 순간.

콰자아악!

루완이 재빠르게 곡괭이로 아이언 울프의 머리통을 후려쳤다.

"크르!"

루완은 레벨 100 정도의 전사 클래스다. 그 때문에 광부들과는 신체 능력 자체가 확연히 달랐다. 그런 그의 공격을 받았음에도 아이언 울프는 큰 타격을 받지 않았다.

루완도 사람이기에 그동안 동고동락했던 광부들이 죽는다면 가슴이 허할 것 같았다. 'NPC 따위 죽든 말든 뭔 상관이야?'라고 말하는 유저들보다는 나은 이였다. 그는 빠르게 계산했다.

'도망갈 시간을 벌 수 있을까?'

자신은 로그아웃 당하면 그만! 그리고 지금 찬 아티팩트 중에 값나가는 게 딱히 없기에 떨궈봤자 철광석이나 떨구리라.

그는 주변을 둘러봤다.

'민혁 님은 생산직 직업…… 젠장!'

믿을 만한 사람은 다른 유저뿐. 하지만 그 유저가 생산직인 레벨 90의 유저다. 합세해도 시간을 끌기 힘들다.

루완은 빠르게 결단했다.

"민혁 님, 광부들 데리고 나가요. 사자후!"

[사자후]
[반경 5m 내의 몬스터들의 신경을 긁어 이목을 집중시킵니다.]

"크르!"

"크르르르!"

아이언 울프들이 모두 루완에게 고개를 틀었다.

'민혁이 잘 대피시키겠지'라고 생각하며 고개를 틀었으나, 민혁은 도망치지 않고 있었다.

레톤은 민혁의 팔을 잡아당기며 말했다.

"어, 어서 나가야 해! 자네가 뭘 할 수 있어! 우리가 없는 게 도와주는 거야!"

하지만 민혁은 그 자리에 멈춰 있었다.

'혼자만 로그아웃 당하게 할 순 없다는 건가요? 함께 가겠다는 겁니까? 짧은 시간이었는데, 절 그렇게 생각하시다니!'

루완은 감격하며 빙긋 웃었다. 하지만 민혁은…….

'저, 저건 미스릴 광석?'

그의 시선은 아이언 울프들이 벽을 헤집고 나올 때 툭 떨어진 듯 보이는 미스릴 광석을 향해 있었다.

'저 안에는 화이트 초콜릿이 있을 것 같은 느낌이다.'

민혁은 입술을 핥았다. 그와 동시에 아이언 울프들이 일제히 루완을 향해 달려들었다.

"루, 루와아안!"

"아, 안 돼!"

"얼굴은 산적같이 생겼어도 일은 잘했는데!"

비명 속에서 민혁이 중얼거렸다.

"스텝."

[스텝]

[1m 거리를 빠르게 이동합니다.]

잔상을 남기며 거리가 1m 좁혀졌다.

재빠르게 두 걸음 더 움직인 민혁이 루완의 앞에 섰다.

[전장의 지배자]

[5대 스텟이 10, 치명타율이 10% 상승합니다.]

가장 먼저 본인보다 레벨이 20 이상 높은 상대와 전투 시 발동되는 칭호 효과 전장의 지배자가 활성화되었다.

[엘레의 검술]

[5분 동안 모든 스텟이 15% 상승합니다.]

[회피율이 30% 상승합니다.]

[치명타율이 30% 상승합니다.]

몸 전체로 붉은 기운이 넘실거리며 기류처럼 흘렀다.

[난무하는 검]
[5초 동안 무차별적인 검의 난무에 30% 추가 대미지가 붙습니다.]

곡괭이가 엘레의 검의 모양으로 빠르게 변화했다. 그의 검이 허공에 잔상을 남긴다. 그리고 난무하는 검이 시전되었다.
푸슈슈슈슈슉!

[치명타가 터졌습니다.]
[레벨업 하셨습니다.]

푸슈슈슈슈슉!
푸슈슈슈슈슉!

[치명타가 터졌습니다.]
[레벨업 하셨습니다.]

순식간에 몸을 날렸던 아이언 울프 여러 마리가 허공에서 피를 낭자하며 비명을 토했다.
"크레에엑!"
"크아아아악!"
한 아이언 울프가 민혁에게 서둘러 접근한다.

[스텝]
[1m 거리를 빠르게 이동합니다.]

뒤로 빠르게 이동하자, 곧 난무하는 검이 놈의 몸을 다시 한 번 난자한다.

푸슈슈슈슈슉!

그 와중에도 루완을 노리는 한 마리. 5초가 지나 난무하는 검의 효과가 끝났다.

[분노하는 검]
[강한 찌르기에 공격력 50%가 추가되며 급소 찌르기에 성공할 시 총 80%의 힘을 더 냅니다.]

민혁의 검이 루완을 노리는 놈의 등을 정확하게 찔렀다.

콰지이이익!

급소를 정확하게 찌르나 검이 아이언 울프의 그 단단한 갑각마저도 꿰뚫었고, 이어 놈의 몸이 폭발했다.

퍼어어어엉!

후두두둑-

루완은 죽은 아이언 울프 사이로 보이는 민혁을 보며 눈을 크게 떴다.

"어, 어떻게……."

"헉……!"

그럴 수밖에 없었다.

민혁의 레벨은 고작 90이라고 하였다. 그런데 아이언 울프는 레벨 150이었다. 어지간해선 검도 박히지 않는다. 그런데 민혁은 가뿐하게 아이언 울프들을 난자했다.

'식신의 진가로 맛있게 먹었기 때문이지!'

대회가 끝난 이후로도 계속 식신의 진가로 맛있는 걸 먹었던 민혁! 미노타우르스와 싸웠을 때는 70레벨 정도의 격차였다. 이젠 그보다 훨씬 크게 격차가 커진 셈.

게다가, 엘레의 검술은 에픽 등급의 스킬이었다.

"다, 당신 정체가……."

루완이 물었다.

민혁은 대답하지 않고 걸음을 옮겼다. 루완은 자신도 모르게 위화감을 느끼고, 뒷걸음질을 치다가 넘어졌다.

"히익!"

그를 지나쳐 민혁이 당도한 곳에는 미스릴 광석이 있었다.

[미스릴 광석을 획득합니다.]
[원하신다면 특별한 초콜릿을 얻을 수 있습니다.]

'얻는다!'

역시 미스릴 광석의 겉면이 은박지처럼 변했다. 그것을 벗겨 내자 모습을 드러낸 것은 상자였다.

　'오…… 오…… 오……!'

　그는 작게 감탄했다. 그것은 다름 아닌 '루이스 초콜릿'이었 기 때문! 하지만 바로 먹지 않고 서둘러 인벤토리에 넣었다.

　'이따 먹어야지!'

　그도 상황 파악은 할 줄 알았다. 지금은 해야 할 일이 있다. 먼저 광부들을 데리고 무사히 이 광산을 빠져나가야 했다.

　"나가죠."

　"어어, 그, 그래."

　"그러지……."

　광부들은 고개를 끄덕였다. 민혁이 앞장서고 루완과 광부들 이 뒤따랐다.

　그러던 중, 앞쪽에서 걸어오는 무리가 보였다. 그 무리의 틈 에 껴 있는 이. 그가 민혁을 바라보며 짙게 웃고 있었다.

　바로 브로니였다.

　푸지익!

　"끄어억!"

　하오든 길드원들은 광산 바깥의 NPC들을 빠르게 사냥하고 있었다.

그리고 백부장을 죽인 브로니.

[당신은 카오 유저입니다.]
[카오 수치가 상승합니다.]
[바라스 왕국으로부터 추적을 당하실 수 있습니다.]

그는 빠르게 병력이 정리되고 있는 것을 보았다.

"광부들이 광산을 못 빠져나오게 막아라, 어차피 몬스터들한테 전부 죽을 거다!"

하오든의 정예는 총 열 명으로 짜여 있다. 그들은 마법사, 힐러, 딜러, 탱커 등을 적절하게 배치해 팀을 이뤘다.

브로니는 이죽 웃으며 채굴 5팀이 있는 광산 안으로 그들과 함께 들어갔다. 그곳에 강민혁이 있었으니까.

'어차피 5분이면 놈을 죽일 테지, 아니, 어쩌면 이미 뒈졌으려나?'

그러면 복수가 속 시원하진 않겠지만, 혹여 그가 떨군 아티팩트가 있을지도 모른다. 그는 생각보다 꽤 고가로 보이는 것들을 착용하고 있었으니까.

안쪽으로 들어가던 브로니와 일행들. 그들은 곧이어 안쪽에서 빠르게 뛰어오는 이들을 발견했다.

브로니는 미간을 구겼다.

"머, 멀쩡하잖아?"

"응?"

"뭐야?"

칼드의 말에 따르면 열쇠를 꽂으면 평소보다 레벨이 훨씬 높은 몬스터들이 계속 나올 거라고 하였다. 이곳만 안 나왔을 리는 없다. 그 말은 곧 몬스터를 사냥했다는 거다.

'어떻게 된 거지?'

그리고 그 앞에서 걸어 나오는 민혁. 그는 브로니를 보고 미간을 찌푸렸다.

브로니는 피식 웃었다.

"오랜만?"

"……."

민혁은 대답하지 않았다. 그저 그와 그 뒤의 인원들을 보고 머리를 빠르게 굴렸다.

"예전하고 비슷한 상황이지 않냐? 물론 네 숫자도 많아졌지만 다 조무래기들뿐이지, 큭."

그리고 민혁은 기억을 곰곰이 떠올리는 표정이었다.

"아, 누군가 했더니……."

"그래, 이 빌어먹을……."

"기억이 안 나네."

"……."

"……?"

"너 나 몰라? 나 이상민이잖아, 이상민!"

"뉘신지……?"

그에 브로니는 답답해졌다.

자신은 그 흑역사가 뼛속 깊은 곳까지 남아 있다! 그런데 저 녀석은 오히려 고개를 갸웃하며 모르겠다는 표정이었다.

"너 인마! 예전에 내 돈 뜯고 그랬었잖아!"

"내가?"

하지만 그는 여전히 모르겠다는 표정.

흥분한 브로니가 소리쳤다.

"그래, 그래서 내가 제발 그만해 달라고 빌었……."

말을 하다가 브로니는 아차 했다. 길드원들이 있었다.

그들이 브로니를 바라보며 속닥거렸다.

"예전에 돈 뜯겼었대……."

"말로는 자기 왕년에 잘 나갔다고 하지 않았어?"

"음……. 우리 길마님…… 음……."

"……."

브로니는 치아를 꽉 깨물었다.

"후, 아무튼. 그때완 많이 다르지?"

그는 피식 웃었다.

이곳은 게임이다. 현실처럼 단순히 신체 능력이 뛰어나다고 때려눕힐 수 없다. 더군다나, 민혁은 100레벨 미만! 반대로 자신과 길드원들은 그보다 레벨이 훨씬 더 높은 편이었다.

"쟤 좀 잡아서 내 앞에 무릎 꿇려봐!"

브로니가 소리쳤다.

그 소리에 길드원 중 한 명인 라스가 앞으로 나섰다. 그는 전사형 클래스로 레벨 160에 육중한 도끼를 휘두른다.

"예!"

라스는 바빠 죽겠는데 옛날 추억 팔이나 하는 길마가 이해되지 않았다. 서둘러 저놈을 죽여야 일이 착착 진행되리라.

그가 민혁을 향해 달려들었다.

'어차피 100레벨 미만이면 이 한 방도 못 피하겠지.'

속도가 따라주지 못할 터.

예상대로 민혁이란 유저는 반응조차 못 하고 서 있었다. 라스가 그를 노리고 도끼를 위에서 아래로 힘껏 내려찍었다.

[당신은 카오 유저입니다.]

[PK시 상대방은 페널티를 받지 않습니다.]

[사망할 시 더 높은 확률로 아이템이 드랍됩니다.]

꼭 공격을 허용하지 않아도 그걸 시도했다면 카오 알림이 자신에게도 상대방에게도 울린다.

"스텝."

민혁이 작게 중얼거렸다. 그의 몸이 잔상을 남기며 빠르게 라스의 옆으로 이동했다. 라스의 도끼는 애먼 땅을 찍었다.

퍼지익!

[분노하는 검]

민혁의 검에 강한 힘이 맺혔다. 그가 빠르게 라스의 허리를
향해 검을 찔러 넣었다.

'스킬로 피했군. 하지만 너와 라스의 레벨 차이면 갑옷을 뚫
을 수도 없지.'

브로니는 그 모습을 보며 짙게 웃었다. 그 순간 민혁의 검이
라스의 옆구리를 힘껏 찔렀다.

푸드드드득!

그가 입고 있는 풀 플레이트 아머를 파고드는 검. 그와 함
께 거대한 폭발이 일었다.

콰아아아앙!

"크악!"

라스가 그 폭발과 함께 옆으로 날아가 벽에 처박혔다. 벽에
처박힌 라스가 자신의 HP를 확인했다.

"무슨 HP가…… 40%가 깎여……!"

그는 경악한 표정이었다.

'뭐야?'

브로니는 놀란 표정으로 민혁을 바라봤다.

'혹시 그 몬스터들도 저놈이 혼자? 도대체 어떻게 레벨 90짜

리가……!'

말도 안 되는 일. 하지만 브로니는 직감으로 알아차렸다.

"여럿이서 잡는다!"

브로니의 말과 함께 길드원들이 움직였다. 마법사 엘로가 4클래스 마법. 라이트닝을 시전했다.

[라이트닝]
[10% 확률로 스턴 상태에 빠집니다.]

파지지지지직!
민혁을 향해 뻗어 나가는 라이트닝!

[흡수]
[50%의 확률에 따라 성공할 수도 실패할 수도 있습니다.]
[라이트닝 흡수에 성공합니다.]
[10분 안에 흡수한 스킬을 1회 사용할 수 있습니다.]

파지지지직!
뻗어 나가던 전격이 그의 반지에 흡수되었다.

"헉!"

"컥?"

그들의 경악성 어린 소리! 민혁이 손을 앞으로 쫙 뻗었다.

[라이트닝]

파지지지지직!
"끄읍!"
"어업!"
앞쪽에서 민혁을 잡으려던 근접 클래스들이 라이트닝에 감
전되어 몸을 떨었다.

[1초 동안 스턴 상태가 됩니다.]

그중 한 유저는 스턴에 빠졌다. 그 틈을 놓치지 않고 민혁이
또 한 번 접근했다.
"스텝!"
그와 함께 횡으로 그를 베어냈다.

[치명타가 터졌습니다.]

"커헙!"
그가 뒤로 물러나며 쭉 깎인 HP에 놀란 표정을 지었다. 그
리고 이어 민혁은 스턴 상태를 놓치지 않고 계속된 공격을 가
하며 머리를 쳐냈다.

강제 로그아웃!

"기, 길마님…… 가, 강한데요?"

"도대체 이게……."

브로니는 도무지 어찌 된 상황인지 이해할 수 없었다. 그러나 곧 피식 웃으며 말했다.

"그래도 충분히 잡을 수 있다."

그가 강하긴 했지만, 충분히 잡을 수 있다고 생각했다.

등 뒤로 발걸음 소리가 들려왔다. 광부들을 처리한 길드원들이 오고 있는 것. 이렇게까지 고전한 건 예상외이긴 했다만, 어차피 민혁은 이곳에서 죽을 것이다.

그때 한 광부가 슬금슬금 움직였다. 브로니는 뭔가 심상치 않다는 걸 깨닫고 소리쳤다.

"저 새끼, 막아!"

레톤이 빠르게 움직였다. 길드원들은 그를 막으려 뛰었다.

그 순간.

그 틈으로 뛰어든 민혁이 힘껏 검을 땅에 꽂았다.

[어스 퀘이크]
[격렬한 지진이 반경 10m 내에 발동됩니다.]

"억!"

"헉?"

그들은 놀랄 수밖에 없었다.

"야이씨, 넌 전사냐, 마법사냐, 대장장이냐!"

아니, 캐릭터 하나가 검도 잘 쓰고 마법도 쓰며 대장장이 기술도 가지고 있다니. 뭐 이런 경우가 다 있단 말인가?

민혁은 격렬하게 움직이는 땅에서 몸을 빼내며 말했다.

"요리사."

"……."

브로니는 말문을 잃었다. 광부에게 접근하려던 길드원들은 격렬한 지진에 의해 걸음을 멈췄다.

레톤은 벽면을 더듬거리더니 한 부분을 꾹 눌렀다.

그 순간.

쿠르르르르르르!

거대한 투명한 방어막이 위에서 아래로 내려오며 재빠르게 벽처럼 막혔다.

쿵!

완전히 막혔다.

브로니는 그 투명한 벽 너머에 갇힌 자신의 길드원들을 사냥하는 민혁을 보았다. 그는 보란 듯이 가뿐히 쳐내고는 자신을 바라봤다.

'빌어먹을. 저런 벽이 있었을 줄이야!'

브로니는 몰랐지만, 저 벽은 병력이 몬스터를 사냥하러 들어갈 때 누르면 몬스터들이 튀어나가지 못하게 외부와 차단하는 역할을 한다.

브로니가 그 문을 두들겨 봤다.

[벽에 1,701의 대미지를 입힙니다.]

하지만 그 알림이 무색하게 투명한 벽은 작은 줄이 하나 그
어졌다. 하지만 계속 공격하면 결국 부서질 듯 보였다.

"이제 그 안에선 몬스터들이 계속 나타날 거다. 너 혼자서
감당해야 해, 그리고 이 벽이 부서지는 순간 넌 죽을 거야, 이
제 어떻게 할 거지?"

그 말에 민혁은 곰곰이 생각하는 표정을 지었다. 그러다가
쫙 펴진 손바닥 위로 주먹 쥔 손을 '아하!'하고 내려쳤다.

"우리 누나한테 일러야겠다."

"……."

"……."

"……."

그 말을 들은 브로니 길드원들. 그들은 황당하다는 표정을
지었다. 그러다 이내.

"푸하하하하하! 누나? 누나한테 이를 거야?"

"우쭈쭈쭈, 무서워서 누나한테 일러용?"

"크하하핫 무슨 너희 누나는 랭킹 1위라도 되나 보지?"

"NPC인데, 너 지금 우리 누나 무시한 거냐?"

"크하하하하핫, 아이구 무서워서 오줌 지리겠습니다. 너희 누나라는 자도 딱 보이는구나."

"……후회할 텐데."

"아이구, 제가 너무 무서운 누나분한테 아주 큰 실례를 범했네요. 아고 죄송합니다. 안 봐도 뻔하네, 너희 누나도 너 같이 사람 좋은 척 가면을 쓴 ×신이겠지, 뭐 그래서 너희 누나는 언제 오냐? 응? 그 ×신 같은 너희 누나는!"

그 말에 민혁은 브로니를 멍하니 바라봤다. 그리고 중얼거렸다.

"너 징역 1,000년 형 당할 것 같다. 불쌍해……."

"뭐래, 너희 누나 오면 내가 아주 손가락으로 찍어 눌러주마!"

브로니는 자신만만했다. 그러다가 한 길드원이 물었다.

"근데 진짜로 막 대단한 NPC면 어떻게 해요?"

그에 브로니가 작은 목소리로 말했다.

"대단한 NPC? 아니, 그걸 떠나서 그런 NPC를 누나라고 부른다고? 그 수준 딱 안 보이나? 그리고 모르나 본데. 의뢰한 의뢰인은 이 바라스 왕국의 칼레논 후작과 친하다더군. 어쩌면 우리의 백이 될 수도 있어."

"후, 후작……!"

후작과 인연을 맺었다는 건 엄청난 일! 길드원은 걱정 없겠다는 표정이었다.

민혁은 손등에 있는 피닉스의 문양을 문질렀다.

엘레는 북부 대륙에 관련한 보고를 받던 중이었다. 그때 자신의 손등에 새겨져 있는 피닉스의 문양이 빛을 발했다.

"……이건."

엘레의 미간이 찌푸려졌다.

이 문양이 빛을 발할 때는 '엘레의 낙인'이 새겨진 자가 도움을 요청할 때뿐이었다. 그리고 그 낙인이 새겨진 자는 딱 한 사람밖에 없었다. 바로 자신이 아끼는 동생이자 친구인 민혁이었다.

엘레는 그 빛을 바라봤다. 그 빛을 통해서 그가 어디에 있는지 그녀는 꿰뚫어 볼 수 있었다. 낙인은 그와 그녀를 연결시켜 주는 하나의 고리와도 같았다.

엘레는 천천히 몸을 일으켰다.

'바라스 왕국. 좌표 지점은 K-51.'

그녀는 고개를 주억였다.

"루스, 바라스 왕국의 지도를 가져와라."

"네."

루스는 보고를 하던 중 일어난 갑작스러운 일에 서둘러 움직였다.

바라스 왕국은 엘레가 황제로 있는 이필립스 제국과 호의적인 관계, 말 그대로 친해지고 싶어 했다. 이필립스 제국은 그만큼 거대한 힘을 가졌고 바라스 왕국은 그 제국에 비하면 어린 아이와 같았다. 바라스의 국왕 리처드도 엘레에겐 고개를 조아릴 정도!

그녀는 루스가 건넨 바라스 왕국 지도를 보았다.

"광산이 있는 곳. 이곳에서 무슨 일이 벌어지고 있는 게 분명해."

민혁이는 장난기가 많고 유쾌한 아이다. 하지만 엘레가 본 그는 한편으론 신중하고 침착한 아이였다. 그런 아이가 도움을 요청할 정도의 일이 생겼다는 것. 그리고 유일한 친구이자 동생인 그 아이의 부탁이다. 그가 부르면 한 아름에 달려가겠다고 약속하지 않았던가. 게다가 황궁 내에는 바라스 왕국으로 단숨에 이동할 수 있는 워프 게이트도 있었다.

"루스."

"예."

"민혁이가 위험에 처한 것 같구나."

"……그렇군요."

루스는 제국의 비약 부대찌개를 떠올리며 탐탁지 않아 했지만, 고개를 끄덕였다.

엘레가 말했다.

"피닉스 기사단을 10분 안에 소집하라. 바라스 왕국으로 바로 넘어간다."

"예!"

피닉스 기사단의 기사들은 레벨 350~400 사이를 웃돌고, 대륙 최고의 기사단이라고 불린다. 그런 그들과 대륙 최고의 황제 엘레가 움직이기 시작했다.

브로니는 몰려든 길드원들을 볼 수 있었다.

"다른 곳들도 투명한 벽에 의해 막혔나?"

"아닙니다."

"역시."

아마도 투명한 벽을 내리게 하는 버튼을 누르는 곳까지 도달한 광부는 없으리라.

그는 투명한 벽 너머를 바라봤다. 민혁은 광부들을 이끌고 안쪽으로 들어갔다.

'머저리 같은 놈의 누나는 어떤 년일까. 그나저나 스스로 몬스터들의 먹이가 되려고 들어가다니, 쯧!'

그는 피식 웃었다.

이윽고 길드원들은 벽을 부수기 위해 온갖 스킬과 마법을 난사하기 시작했다.

[벽에 2,100의 대미지를 입힙니다.]

[벽에 1,813의 대미지를 입힙니다.]

[벽에 3,513의 대미지를 입힙니다.]

굳건해 보였던 투명한 벽이 조금씩 흔들리기 시작한다. 30분이면 될 것 같다.

그러다 브로니는 생각했다.

"깨지는 것보다 몬스터한테 죽는 게 더 빠르려나?"

그는 여전히 앞으로 있을 상황이 자신에게 좋게 돌아가리라 생각하고 있었다.

민혁은 일부러 광부들을 이끌고 안쪽으로 들어갔다. 놈들이 벽을 가격하는 걸 보면 광부들은 더욱더 공포에 떨 것이다. 물론 안쪽으로 들어가도 계속 몬스터가 나오면 똑같겠지만.

'사람은 안 변한다더니.'

민혁은 과거의 일을 회상했다.

이상민은 어렸을 때도 다른 친구들을 괴롭히곤 했다. 두루두루 모든 학우와 친하게 지냈던 민혁은 갑자기 눈물을 펑펑 쏟는 친구의 말을 들었었다.

'이 상민이 학원비를 뺏어 갔어!'

심지어 그 아이는 생활 형편도 좋지 않았다. 그러한 짓을 했던 소년이 커서, 더 양아치 같은 녀석이 되었다.

"이, 이제 어쩌죠?"

루완의 물음에 민혁은 빙긋 웃었다.

"걱정하지 않으셔도 됩니다. 이 자리에 있는 그 누구도 죽지 않을 거예요."

"아니, 놈들 말이 사실이라면 몬스터들이 나올 텐데⋯⋯."

"루완 님과 제가 잘해야죠."

그렇게 말하면서도 민혁은 그 자리에 앉았다. 그가 시작한 것은 다름 아닌 요리였다.

"무, 무슨⋯⋯ 지금 요리나 할 때입니까?"

"지금 상황이기에 요리해야 합니다. 제 본직업은 요리사거든요."

그는 자신의 팔뚝만 한 당근을 꺼냈다. 이것은 레벨 90이 되며 결실의 열매 중 하나의 봉인이 해제되어 얻을 수 있었던 결실의 당근!

민혁은 요리의 버프 효과가 재료에 따라서도 크게 영향을 받는 것을 알았다. 재료에 붙어 있는 특수 능력대로 그 버프량이 대폭 증가하는 편이다. 물론 대신에 그 특수 능력을 영구적으로 얻을 수 없다는 점이 있긴 했다.

민혁은 결실의 당근을 얇게 다졌다. 그다음 볶음밥을 만들기 시작했다.

촤아아아아아!

양파와 당근, 햄. 이 세 가지 재료로도 볶음밥은 훌륭한 맛을 낸다.

여유롭게 볶음밥을 만드는 그를 보며 광부들과 루완은 도통 이해할 수 없었다.

민혁은 볶음밥 두 그릇에 버프량을 가장 높게 해서 담았다. 그리고 나머지에는 다수를 위한 버프를 설정했다. 버프량이 큰 볶음밥 하나는 자신, 또 다른 하나는 루완에게 건네고, 다수를 위한 볶음밥은 광부들에게 건넸다.

"하…… 진짜……. 그 와중에도 배는 고프네."

루완은 휴 하는 한숨을 쉬었다. 민혁은 와구와구 볶음밥을 먹어치우고 있었다.

"역시 볶음밥은 이렇게 단출한 재료만 넣어도 맛있다니까요! 거기에 잘 익은 김치를 얹어 먹으면…… 크!"

"……."

루완은 속으로 '이 사람은 속도 편해'라는 생각을 했다. 그러면서도 포만도를 채우기 위해 볶음밥을 입에 넣었다. 그러다 멈칫했다.

'……진짜 맛있다.'

눈이 번뜩 떠질 정도의 맛이었다. 고슬고슬하게 볶아진 밥에 아삭한 식감의 양파와 특별해 보이는 당근, 그리고 심심한 맛을 잡아주는 햄까지. 루완의 숟가락은 멈출 줄 몰랐다.

"마, 맛있군……."

"긴장감이 사라지는 것 같아."

"정말 맛있어!"

광부들은 게 눈 감추듯이 먹어치우기 시작했다. 그들도 꽤 허기가 졌던 것이다. 그리고 모두 먹어치운 루완. 그는 곧 알림을 들을 수 있었다.

[볶음밥을 먹었습니다.]

[10시간 동안 공격력 14%, 방어력 15%, 체력 40이 상승합니다.]

"헉……!"

루완은 경악할 수밖에 없었다.

다른 광부들도 몸에서 힘이 솟는 걸 느꼈다.

"오, 오오오오……!"

"볶음밥을 먹었는데 몸에서 힘이 돌아!"

"어, 어떻게 이럴 수가!"

광부들은 감탄했다.

루완은 도대체가 알 수 없다는 표정으로 민혁을 보았다. 민혁은 볶음밥을 보며 아쉬운 표정을 짓고 있었다.

"다 먹어버렸어……. 아쉬워……."

"……."

결실의 당근에는 체력 20 영구 상승 효과가 있었다. 한데, 그게 버프로 변하며 체력 40이 상승하게 된 것. 영구적이진 않지만, 단기적으로는 큰 힘을 내게 도와주는 거다.

쿠우웅!

쿠우우웅!

곧 몬스터들이 나타나기 시작했다. 이번엔 아이언 울프보다 강한 아이언 골렘이었다. 레벨 170의 몬스터들. 놈들이 벽을 헤집고 모습을 드러냈다.

밥을 다 먹은 민혁이 골렘들을 공격했다.

[난무하는 검]

[5초 동안 무차별적인 검의 난무에 30% 추가 대미지가 붙습니다.]

태래래래래래!

[치명타가 터졌습니다.]

태래래래래래!

[치명타가 터졌습니다.]

후두두둑!

그 굳건해 보이는 아이언 골렘들이 후두두둑 쓰러져 내렸다. 그와 함께.

[레벨업 하셨습니다.]
[레벨업 하셨습니다.]

민혁의 레벨이 계속해서 오르고 있었다.

루완도 놈들과 싸우기 시작했다. 비록 레벨이 훨씬 낮은 그였지만 민혁의 요리를 먹고 얻은 버프 효과는 뛰어났다. 물론 끽해야 광부들이 다치지 않게 지키며 함께 도망 다니는 정도였지만.

하지만 민혁은 강했다.

'진짜 170레벨은 되어 보이는데…….'

어떻게 스텟이 저렇게 높을 수 있을까 하는 생각이 든다. 이대로라면 정말 그 정체 모를 누나가 올 때까지 버틸 수 있다. 하지만.

'그 누나가 대체 누구지?'

그에 대한 걱정.

'벽이 이제 곧 뚫릴 것 같은데…….'

몬스터를 잡아도 앞으로는 어찌해야 하나라는 걱정이 그를 점령했다.

칼드는 브레트니 광산 안에 있었는데, 가면을 쓰고 있어 하오든 길드원들도 정체를 몰랐다.

그는 길드원들을 따라 광산 안으로 들어가 봤다.

'여긴 아니야.'

검은 열쇠를 사용한 자는 입구를 볼 수 있다. 하지만 1~4번 채굴장 안에는 통로가 없었다. 그렇다면 남은 것은 5번 채굴장뿐.

브로니와 귓속말을 해본 결과 그 안에 있는 유저로 인해 잠시 난처한 상황에 처했다고 한다. 하지만 이제 곧 투명한 벽이 부서질 거라고 들었다.

4번 채굴장에서 나오던 칼드.

'5번 채굴장에 분명히 입구가 있군.'

그렇게 생각하며 그곳으로 가려던 중이었다. 앞장서서 걷던 하오든 길드원. 그가 갑자기 걸음을 멈췄다.

"……."

"왜 그러시죠?"

칼드는 고개를 갸웃했다. 그 길드원이 고개를 돌렸다.

"저, 저도 지금 이 상황이 이해가 되질 않습니다."

"예?"

칼드는 고개를 갸웃하고 길드원을 따라 광산 밖으로 걸어 나왔다. 그리고 밖으로 나온 그는 볼 수 있었다. 피닉스의 문양이 그려져 있는 화려한 플레이트 갑옷을 입은 자들이 멀리서 걸어오고 있는 것을.

그곳의 가장 앞에 붉은색 갑주를 착용한 여인이 있었는데. 그녀는 허리춤에 검을 차고, 길게 늘어뜨렸던 금발을 끈으로 질끈 묶으며 걸어오고 있었다. 한 살짜리 갓난아기가 아테네에 접속한다고 해도 알 정도로 유명한 자. 이필립스 제국의 황제. 그리고 검의 대제라 불리는 여인. 엘레였다.

그 주위로 빠르게 움직이는 자들은 황실 마법사들이었는데, 그들은 마법을 준비하고 있었다. 그리고 그 옆의 병사들도 일제히 활시위를 당겨 조준한 상태로 엘레의 명령만을 기다리고 있었다.

터벅터벅 터벅-

광산 앞으로 걸어온 엘레. 그녀는 주변을 둘러봤다. 그리고 칼드와 눈이 마주쳤다.

'컥……!'

왕국의 후작과 친한 칼드였다. 하지만 엘레는 그와 격 자체가 달랐다. 후작이 고양이라면 엘레는 다 자란 무리의 우두머리 같은 호랑이였다. 그 시선에 칼드는 숨이 막히는 것 같았다.

엘레. 그녀가 입을 열었다.

"대장장이구나."

"……!"

칼드는 그녀가 단숨에 자신의 정체를 꿰뚫어 봤다는 걸 알았다. 그는 무슨 말을 해야 할지 몰라 입을 꾹 다물었다.

"네가 이 일을 꾸민 원흉이구나."

엘레는 주변에 널브러져 있는 바라스 왕국 병사들의 시체를 보았다. 칼드는 마른침을 꿀꺽하고 삼켰다.

그 순간, 엘레가 손을 휘저었다.

"낯짝 좀 보자."

쩌저저저적!

칼드가 착용한 가면에 금이 가기 시작하더니, 이내 와장창 깨지며 그 얼굴이 드러났다.

후두두둑-

"……!"

"카, 칼드……?"

"대, 대장장이 칼드잖아? 랭킹 2위!"

그리고 하오든 길드의 인원들도 가면이 벗겨진 칼드의 얼굴을 알아봤다. 칼드는 자신이 지금 어떤 상황인지 알았다.

'× 된 것 같다…….'

브로니의 입가가 쭈욱 찢어졌다.

거미줄 같은 균열이 생겨난 투명한 벽! 이제 한 번만 가격해도 부서지리라. 그는 자신이 들고 있는 해머에 온 힘을 담았다.

[풀스윙]
[일격에 22%의 대미지가 추가됩니다.]

후우우웅-

콰지이익!

쩌저저저저적-

투명한 벽이 요란한 소리를 내며 균열이 더욱더 짙어지고 길어졌다. 그리고.

콰아아아아앙-

후두둑 하고 내려앉아 버렸다. 자욱한 흙먼지를 보며 안으로 들어가려던 브로니는 갑자기 날아온 귓속말에 걸음을 멈췄다.

[오든: 길마님……. 민혁…… 아니, 민혁 님이란 분의 누나께서 오셨는데요…….]

그에 브로니는 피식하고 웃었다. 민혁도 잡고 그 누나라는 년도 죽일 수 있겠구나. 그러다 브로니는 고개를 갸웃했다.

'민혁 님?'

뭐지? 갑자기 이놈이 왜 이러는 걸까. 또 길드 채팅으로 하면 될 것을 왜 귓속말로 하는 거지?

[브로니: 그 새끼가 왜 님이냐, 민혁 놈이지.]
[오든: 큰일 난 것 같아요. ㅠㅠ]

'눈물? 큰일?'

오든의 귓속말이 이어졌다.

[오든: 민혁 님의 누나가 검의 대제 엘레입니다.]

"음?"

그 말에 브로니는 고개를 갸웃했다.

'검의 대제 엘레?'

익숙한 이름에 브로니는 곰곰이 생각해 봤다. 대륙 최고의 제국이라고 불리는 이필립스 제국. 막강한 병사, 풍부한 자금력, 거기에 건실한 황제 검의 대제 엘레!

"이런 미친 새끼가⋯⋯."

브로니는 미간을 찌푸렸다.

검의 대제 엘레는 황제다. 게임 속 NPC라지만 분명한 사실이었다. 그런데 민혁이 그를 누나라고 부른다? 황제하고 유저가 그 정도 유대감을 쌓을 수 있다는 건 들도 보도 못한 이야기였다.

[브로니: 지금 나랑 장난치자는 거냐?]

[오든: 장난이 아닙니다.]

[브로니: 그 새끼 누나가 황제면 내 누나는 드래곤 로드다, 이 빌어먹을 새……]

그 말을 끝맺기 전이었다. 갑자기 길드 채팅창이 눈물 자국으로 도배가 되며 난리가 났다.

[길드 채팅 할렘: 길마님 × 됐습니다. 검의 대제 엘레가 왔습니다.]

[길드 채팅 폴튼: 길마님 ㅠㅠㅠㅠ 나와보셔야 할 것 같은데요……]

[길드 채팅 카르마: 길마님, 저 밧줄에 속박되어서 지금 옴짝달싹 못하고 있어요.]

[길드 채팅 오든: 너무 떨려서 길챗 놔두고 귓말하고 있었네!……. 길마님, 진짜 장난 아니에요……]

[길드 채팅 클라튼: 살려줘……!]

"……."

브로니는 이들이 짜고 이런 일을 벌이지는 않았을 거란 생각을 했다. 그 순간.

수우우우웅!

"커허어억!"

"헉?"

브로니의 바로 옆에 있던 길드원 하나가 강력한 힘에 끌려가듯 허공에 붕 떠서 광산 밖으로 날아갔다.

"끄아아아앗!"

그뿐만이 아니었다. 그의 주변에 있던 다른 길드원들도 날아가기 시작했다. 그리고 이어 브로니까지.

"끄으으으으!"

그는 자신을 끌어당기는 힘에 지지 않기 위해 안간힘을 썼다. 하지만 결국 그 힘을 이기지 못하고 광산 밖으로 날아갔다.

쿠우우우웅-

바닥을 몇 바퀴나 뒹군 브로니는 어둡고 매캐한 흙먼지가 보였던 시야가 밝아진 것을 알 수 있었다.

그는 고개를 세차게 흔들었다.

'도대체 무슨 일이……'

고개를 돌리자, 부들부들 떨고 있는 칼드가 보였다. 그는 밧줄에 꽁꽁 속박되어 있는데 얼굴도 가려져 있지 않았다.

그리고 고개를 들어 올린 브로니는 볼 수 있었다. 검의 대제 엘레가 한없이 차가운 눈빛으로 자신을 내려다보고 있었다.

"……컥!"

브로니는 경악 어린 신음을 토해냈다.

바로 그때.

"누나아아아아~!"

유쾌한 목소리. 그 목소리는 마치 옆집에 사는 무척 친한 누나를 발견했을 때의 외침 같았다. 광산 안쪽에서 민혁이 광부들과 함께 뛰어나오며 엘레를 향해 다가가고 있었다.

엘레는 그런 그를 환한 웃음으로 맞이해 주며 물었다.

"우리 민혁이 누가 괴롭혔어?"

"얘하고 얘하고 얘가요!"

"그래? 이 자식들이 감히 내 동생을……!"

또한 그 모습은 마치 엄마한테 나쁜 아이들을 고자질하는 모습이었다.

'아, 아니, 당신 황제잖아!'

근데 일개 유저 하고 이렇게 누나 동생하고 있다니.

"얘가 절 가장 많이 괴롭혔어요!"

"호오라."

흠칫!

브로니는 몸을 떨 수밖에 없었다. 엘레의 미간이 찌푸려졌다. 그와 함께 주변의 공기가 진동했다. 브로니는 지금 자신이 취해야 할 포지션이 뭔지 알았다.

"헤, 헤헤…… 아, 아닙니다. 저는 오랜만에 만난 민혁이가 반가워……."

그렇게 거짓부렁을 늘어놓으려던 순간이었다.

[푸하하하하하! 누나? 누나한테 이를 거야?]

[우쭈쭈쭈, 무서워서 누나한테 일러용?]

[크하하핫 무슨 너희 누나는 랭킹 1위라도 되나 보지?]

[NPC인데, 너 지금 우리 누나 무시한 거냐?]

[크하하하하핫, 아이구 무서워서 오줌 지리겠습니다. 너희 누나라는 자도 딱 보이는구나.]

[……후회할 텐데.]

[아이구, 제가 너무 무서운 누나분한테 아주 큰 실례를 범했네요. 아고 죄송합니다. 안 봐도 뻔하네, 너희 누나도 너 같이 사람 좋은 척 가면을 쓴 ×신이겠지, 뭐 그래서 너희 누나는 언제 오냐? 응? 그 ×신 같은 너희 누나는!]

민혁이 녹음해 뒀던 것을 틀었다.

"……."

브로니는 할 말을 잃었다. 그리고 엘레의 뒤에 숨어서 자신에게 미소를 짓고 있는 민혁을 볼 수 있었다.

그는 누나가 누구인지 언급하지 않았다. 어떤 반응이 나올지 예상하고 치밀한 계획을 짰던 것이다. 그것을 눈치채지 못한 자신들은 그 누나를 신랄하게 욕하였던 거고.

"하!"

그에 엘레는 헛웃음을 흘렸다. 천하의 엘레에게 '×신' 운운

하였다. 더군다나, 브로니와 그 길드원들은 바라스 왕국의 병사들을 죽이고 광부들도 몰살시키려는 계획을 꾸몄다. 이는 충분히 명분이 생기는 일.

'강민혀어어어억!'

브로니는 짙은 웃음을 짓고 있는 민혁을 보며 당장 찢어 죽이고 싶었다. 분노한 엘레를 보며 브로니는 길드 채팅을 다급히 쳤다.

[길드 마스터 브로니: 당장 모두 로그아웃해라, 어서!]
[길드 채팅 볼드니: 그, 그게…….]
[길드 채팅 칼란: 로그아웃해도…… 달라지지 않습니다. 길마님…….]

브로니는 미간을 찌푸렸다. 그가 로그아웃하겠다고 하는 순간 알림이 들려왔다.

[강제 로그아웃하실 시 페널티를 받습니다.]
[강제 로그아웃하실 시 캐릭터는 잔존하게 됩니다.]

던전 안에서 사냥을 할 때 강제 로그아웃하면 사망 페널티를 받는다. 그와 비슷한 상황. 더군다나 캐릭터는 잔존한다. 즉, 도망칠 수 없다는 거다.

"이 자리에 있는 놈들을 포획해라, 되도록 죽이지 마라. 징

벌의 감옥에 죽을 때까지 가둬놓을 것이니까."

"예!"

피닉스 기사단의 이들이 고개를 숙여 보였다.

그 말에 브로니는 눈앞이 캄캄해지는 기분이었다. 현재 이 자리에는 하오든 길드원 전원이 있었다. 총 86명. 그들 모두가 감옥에 갇히게 될 것이었다.

빠르게 움직이는 피닉스 기사단. 그들은 포승줄을 허리춤에 차고 있었다. 그들이 포승줄을 던질 때마다 마법처럼 촤르르륵 길어지며 길드원들을 잡아챘다. 또한, 황궁 마법사들은 전격 마법을 사용해 도망치려는 이들을 공격했다. 전격 마법에 당한 그들은 부르르 몸을 떨며 기절해 버렸다. 브로니는 분노한 표정으로 민혁을 보았다.

민혁은 웬 낚시 의자 같은 것 두 개를 꺼냈다. 하나는 엘레가 앉았고 또 다른 하나는 민혁이 앉았다. 그리고 민혁은 인벤토리에서 무언가를 꺼내 와구와구 먹기 시작했다. 그것은 다름 아닌 팝콘이었다.

"구경할 땐 역시 캐러멜 팝콘이죠! 히야, 재밌당!"

그 모습을 보며 브로니는 생각했다. 얄밉다. 진짜 얄밉다. 사람이 어떻게 저렇게 얄미울 수가 있는가!

그는 싸움 구경엔 팝콘이라는 것처럼 영화를 관람하듯 팝콘을 주먹 가득 쥐어 입에 넣고 우물거리며 '팝콘 맛있겅!' 하고 있었다. 거기에 언제 또 준비한 것인지, 콜라를 꺼내 빨대로 쭈욱 빨아서 벌컥벌컥 마시더니 추임새를 넣었다.

"캬하!"

'야이 ×발 놈아!'

브로니는 눈물이 날 것만 같았다. 과거에도 지금도 변하지 않는다. 자신은 강민혁을 이기지 못했다.

그는 강제 로그아웃을 해버렸다.

밖으로 나온 이상민은 부들부들 떨었다. 그리고 조금 진정되었을 때 아테네 공식 홈페이지에 접속했다.

'도대체 엘레하고 어떻게 친해진 거지?'

그는 '엘레'라는 두 글자를 검색해 보려 했다. 하지만 그럴 필요도 없었다. 실시간 검색어 1위에 '엘레'라고 적혀 있었기 때문이다. 그리고 2위는 다름 아닌 '하오든 길드'였다.

그는 그 실시간 검색어를 클릭했다. 그와 함께 여러 가지 동영상과 사진이 게재되어 있는 게 보였다. 게시된 시간은 오래되지 않았다. 게시글을 살피던 상민의 눈이 크게 떠졌다.

'……이거 나잖아!'

꽤 먼 곳에서 찍은 것처럼 보이는 영상이었다. 그 영상에는 NPC들을 죽인 후에 명령을 내리며 길드원들 사이를 돌아다니다가 걸리적거리는 왕국 병사 시체를 걷어차는 사내의 영상이 있었다. 바로 자신이었는데, 자신 옆에 있던 길드원의 목소리가 흘러나왔다.

[길마님, 그래도 NPC들 완전 사람하고 똑같은데 조금 꺼림칙하네요.]

[꺼림칙하긴 개뿔. 어차피 인공 지능 새끼들. 또 우리가 한두 번 죽여? 새삼스럽게 왜 그래?]

퍼엇퍼엇!

그렇게 말하며 영상 속 자신은 죽은 병사 시체를 걷어찼다. 그리고 또 다른 영상. 엘레가 등장하는 영상이었다. 그리고 메인 주제 글은 바로 이것이었다.

[악명의 하오든 길드. 엘레가 참교육하러 등장.]

그 밑으로 엄청난 숫자의 댓글이 달려 있었다.

개꿀: 와, 하오든 길드한테 당한 적 있는 유저입니다. 저 새끼들, 진짜 무개념. 속 시원하네요.

fkjbk313: 말하는 것 봐라…… 아무리 NPC이고 인공 지능이지만 실제로 게임해 보면 사람 같이 느껴집니다. 죽인 건 어느 정도 그렇다고 칩시다. 가끔 그런 생각 없는 놈들 있으니까, 근데 시체를 차는 건 뭐 하는 짓거리입니까? 저게 사람이 할 짓입니까?

엘레멋져: 캬, 엘레 님 참교육 오지고요, 지리고요. 오늘부터 엘레

님 팬!

브로니는 이상민: 시체 걷어차는 놈. 고등학교 동창입니다. 쟤 현실에서도 애들 돈 뜯고 때리면서 지네 아빠 빽 믿고 뭣 모르고 사는 양아치 놈입니다. 저놈 신상 털이 갑시다. 번호 010 1234 ××××. 이름 이상민. 나이 스무살. 사는 곳 봉천동 123-45번지.

신상 털이를 하자는 말과 함께 그 밑으로 엄청난 댓글들이 달리고 있었다. 그와 함께.

띠리리리리!

그의 전화벨이 울렸다.

흠칫.

깜짝 놀란 이상민이 번호를 확인하자 모르는 번호였다.

받는 순간.

[인생 그렇게 살지 마 이 호랑말코 같은 개삐리리리리!]

뚝.

이상민은 놀란 가슴을 진정시키지 못했다.

끊자마자 또 다른 번호로 전화가 왔다.

[너 내 누군지 아니? 나 장첸……!]

뚝.

"⋯⋯."

이상민은 순간 눈물이 찔끔 났다. 이어 또 다른 전화가 왔다.

[성지 순례 왔습니다. 수능 대박 나게 해주세요. 부모님 만
수무강하게 해주세요.]

"야이, 쌍노무⋯⋯."

뚝.

이번엔 상대방이 먼저 끊었다. 그리고 또다시 울린 전화.

[내 귀에 캔디.]

뚝.

그는 서둘러 휴대폰 배터리를 분리해 버렸다.

'병력이랑 유저들까지 전부 죽였었는데, 대체 누가 찍은 거야?'

그는 미간을 구기며 동영상을 계속 확인해 봤다. 동영상은
엘레가 등장하여 칼드의 가면을 그녀가 부숴 버리는 데에서부
터 하오든 길드원들이 도망치지 못하게 피닉스 기사단과 황궁
마법사들이 움직이는 게 보여지고 있었다. 그리고 동영상 속
에서 촬영자를 향한 목소리.

[네년은 누구냐, 저놈들과 한패더냐?]

동영상은 황궁 마법사로 추정되는 이를 비췄다. 동영상을 촬영한 이의 목소리가 들렸다.

[계속 이곳에 있다간 저도 봉변을 당할 것 같습니다. 아쉽게도 참교육의 끝을 보여 드릴 순 없을 것 같네요. 지금까지 TTBC 고은아 기자였습니다.]

4장
최초의 전설 아티팩트는?

루완은 고은아에게 오는 귓속말을 볼 수 있었다.

[존예은아: 현석아, 네 덕에 특종 건짐!]

[루완: 지금 올렸음?]

[존예은아: ㅇㅇ 공식 홈페이지 실시간 검색어 1위 됨. 근데 엘레가 어쩌다가 여기 온 거래? 진짜로 지나가다가 우연히 봤나? 아니면 하오든 길드에서 눈에 찍힐 일 했었나? 무튼, 난 지금 잡힐까 봐 마을로 튀었음. 지금 게시판에서 하오든 길마 신상 털고 난리 남, 칼드도 욕 오지게 먹고 있다.]

루완은 고개를 주억였다.

그는 기자인 존예은아와 현실 친구였다. 때마침 그녀가 기사를 따내려고 바라스 왕국에 왔고, 루완이 이곳에 있단 이야기에 브레트니 광산에 들르기로 했었다.

특종을 따려고 했지만, 그 사람이 어딨는지도 모른다나 어쨌다나. 특종은 일단 부딪쳐서 가보면 나타난다고 말하던 평소의 지론에 따라 이곳저곳 다니는 중이었던 것이었다.

그리고 루완을 보러 오기 위해 광산에 왔다가 이 처참한 몰골을 본 거다. 그녀는 적당히 먼 곳에 숨어서 계속 지켜보며 루완에게 무슨 상황이냐 물었으며 루완은 그녀에게 현재 상황이 갑작스럽게 NPC들을 학살하는 상황이라고 일렀다. 그 말에 그녀가 빠르게 촬영을 시작한 거다.

'민혁 유저님 보고 엘레가 '동생'이라고 한 건 못 찍었나 보네?'

그러고 보면 자신도 잡힐까 봐 도망갔다고 귓말을 보냈었다. 다른 하오든 길드원들은 로그아웃도 통제되는 것 같지만, 그녀는 그 범위에서 벗어나 있었던 듯싶다.

루완은 민혁에게 그 사실을 말할까 하려다가 그만두었다. 왜냐, 엘레의 옆에 함께 있는 그가 너무 새롭고 무섭게 보였기 때문이다.

'엘레를 누나라고 하다니, 또 그 엄청난 스탯에, 전투 능력까지……'

그리고 그녀의 옆에 선 민혁은 칼드라는 대장장이를 보고 있었다. 칼드는 현재 폭주하고 있는 길드 채팅창을 보고 있었다.

[길드 마스터 아레스: 칼드 님, 지금 이 상황에 대해 설명해 보시겠습니까?

[길드 채팅 코로나: 이런 미친, 길드 이름에 먹칠하는 것도 유분수지, 하오든 길드를 섭외해서 NPC들을 학살하다니, 뭐 좋은 게 있었나 본데, 어떻게든 독식해 보겠다고, 그런 짓을 벌입니까?]

[길드 채팅 라만: 이거 수습 어떻게 하죠? 이러다 엘레가 저희 길드에도 적대적으로 변하면 큰일 아닌가요?]

국내 4대 길드 중 하나인 아레스 길드. 그 아레스 길드에서 비밀리에 이런 일을 진행한 칼드는 용서받을 수 없는 이였다. 그가 아무리 간부이고 뛰어난 대장장이라고 해도 강제 추방을 면하지 못할 터.

하지만 칼드는 지금 그게 문제가 아니라고 여겼다.

'얼마 전에 감옥에 갇혀 100년 형 받았다는 유저처럼 될 수도 있어.'

그렇게 되면 자신은 아이디를 삭제해야 한다. 대장장이 랭킹 2위를.

그러다 그는 아차 하는 생각이 났다. 일단 캐릭터만큼은 살릴 수 있는 묘책이 생각났다.

"어째서 이런 일을 벌인 것이냐."

엘레의 물음. 그 물음에 칼드는 사실대로 실토하기 시작했다. 5번 채굴장으로 들어가면 무엇이 있는지. 그가 처음부터

끝까지 설명했다.

"……모든 속성을 품은 아티팩트 재료?"

"예, 그렇습니다. 그리고 이 아티팩트 재료를 사용할 수 있는 사람은 고작 셋뿐입니다. 제가 이 아티팩트 재료로 아티팩트를 제작해 드리겠습니다. 그러니까, 님."

그는 민혁을 애절한 표정으로 바라봤다.

"한 번만 봐주십시오. 그러면 최고의 아티팩트를 만들어 드리겠습니다!"

그는 거절할 수 없는 제안일 거라고 생각했다.

그럴 수밖에. 아티팩트는 비싸다. 자신이 만들어주는 그러한 재료의 아티팩트라면 값어치를 매기기 힘들 정도일 거다. 민혁은 그걸 받고 대신 엘레에게 자신을 풀어달라고 하면 된다.

엘레는 민혁을 보았다.

"아티팩트가 가지고 싶으면 네가 하고 싶은 대로 하려무나. 대신 완전히 죄를 면할 수는 없겠지, 한 달간만 가둬놓으마."

엘레는 최대한 민혁이 원하는 대로 해주고 싶었다. 또한 엘레의 낙인은 그런 의미이기도 했다.

민혁은 씨익 웃으며 말했다.

"열쇠를 꽂았군요."

"네, 이제 곧 있으면 그곳으로 가는 문이 열릴 겁니다."

민혁은 레톤에게 그 말을 들었었다. 열쇠를 가진 자는 딱 한 사람뿐이고 그게 있어야만 들어갈 수 있다고.

즉, 민혁은 칼드 덕분에 들어갈 수 있게 된 셈!

사실 그 안에 그런 아티팩트 재료가 있다는 말은 처음 듣는 것이었다. 초콜릿 나무와 뛰어난 아티팩트 재료. 하지만, 그에게 가장 중요한 건 초콜릿 나무였다.

"문 열어줘서 고맙."

"……?"

순간 칼드는 그 말을 이해하지 못했다.

"잘 들어갔다가 올게요, 절 위해 친히 문도 열어주시고~ 아구, 고마워라!"

민혁은 칼드의 손을 잡고 위로 아래로 붕붕 흔들기까지 했다. 그리고 홱 그 손을 놓고는 말했다.

"누나, 이런 나쁜 놈을 그냥 두면 안 되죠!"

"그래, 역시 내 동생답구나, 욕심에 멀어서 그러면 실망할 뻔했다."

엘레는 빙긋 웃었다. 그리고 칼드가 말했다.

"아, 아니. 당신 제 말 못 들었습니까? 그 아티팩트 재료로 제작할 수 있는 사람은 저밖에 없어요. 당신이 저보다 대단한 대장장이를 알기라도 합니……!"

바로 그때였다.

"민혁 님! 허억허억허억!"

한 사내가 거칠게 뛰어왔다. 그는 허름한 초보자 같은 옷을 입고 있었다. 헐레벌떡 뛰어온 그는 민혁의 앞에 서더니, 그를 이리저리 살폈다.

"딸에게 이곳으로 갔다고 들었습니다. 괜찮으십니까?"

"예. 보시다시피."

칼드는 미간을 좁혔다. 이 초보자 새끼는 뭐야? 라는 생각을 하던 중, 그는 초보자의 손등에 그려진 망치 문양을 발견할 수 있었다.

칼드는 눈을 크게 떴다.

그는 딱 한 번 드래곤 소드를 제작한 이를 본 적이 있었는데, 그때 그 사람은 드래곤 레어에서 재료를 얻어내고 서둘러 자리를 떴다. 때문에 칼드가 보았던 건 손등에 그려진 망치 문양뿐이었다. 그리고 그 사람이 레어에서 떠나고 얼마 후, 드래곤 소드라는 역대 최강의 아티팩트가 경매에 올랐다.

칼드는 그때 직감했다. 그자가 현존하는 최고의 대장장이였구나! 그 후로 그 사람은 자취를 감췄다. 한데, 그 문양이 새겨진 자가 지금 민혁의 앞에서 그를 걱정하고 있었다.

"어버버버……."

칼드는 말을 잇지 못했다.

검의 대제 엘레. 그리고 최고의 대장장이까지.

"이 빌어먹을 놈이, 은인이신 민혁 님을 감히!"

그가 칼드를 쏘아보았다. 심지어 '은인'이라고까지 말하고 있었다. 최고 대장장이의 은인이라니?

칼드는 알았다. 저 대장장이가 자신을 대신하여 그 아티팩트 재료로 민혁에게 무언가를 만들어줄 거라는 것을! 욕심으로 인해 모든 걸 잃을 거라는 것을. 그리고 죽 쒀서 개…… 아니, 민혁에게 준 꼴이 될 것도.

그는 몸을 일으키더니, 한 병사 앞으로 다가갔다.

"제발 나 좀 여기서 벗어나게 해줘……."

"알았다, 이놈!"

칼드는 이렇게라도 괴물 같은 민혁(?)이 있는 곳에서 벗어날 수 있다는 것에 기뻐했다. 그리고 인근에 함께 있던 레톤이 중얼거렸다.

"결국 초콜릿 나무는 진짜 주인을 찾아가는군."

레톤의 말을 들으며 민혁은 작은 웃음을 지었다. 설렜다. 두근거렸다. 저 안에 있을 초콜릿 나무!

민혁은 혜민아빠에게 그 던전 안에 있는 아티팩트 재료에 대해 칼드가 말했던 대로 말해줬다.

"모든 속성을 품은 아티팩트 재료가 있단 겁니까? 프라이팬에 적용이 가능하다면 좋을 것 같군요."

"그렇군요. 참, 잘 졸아지는 기능은 추가했죠? 부침개 잘 만드는 기능도요?"

"……네."

흡족한 표정을 지은 민혁. 그가 엘레와 레톤, 혜민아빠를 돌아봤다. 그들은 모두 고개를 끄덕였다. 다녀오라는 거였다.

그전에.

"청소부터 해주마."

엘레가 지면을 박찼다. 그리고 5번 채굴장 안으로 잠깐 들어갔다가 나왔다.

"안에 몬스터가 50마리 정도 있더구나, 다 처리해 놨다."

"50, 50마리를…… 1분 만에……."

레톤과 혜민아빠가 혀를 내둘렀다.

"네, 와줘서 정말 고마웠어요, 누나!"

그렇게 활짝 웃어 보이며 민혁은 안쪽을 향해 걸어 들어갔다. 두근거렸다. 그 브라우니를 먹을 생각에, 전설의 초콜릿 나무를 마주할 생각에!

그렇게 안으로 들어가던 중 그는 큰 진동 소리를 들었다.

쿠그그그그그그-

[전설로 가는 입구가 열렸습니다.]
[입장 가능 인원은 1명입니다.]

민혁은 끝에서 뿜어지는 빛을 향해 달렸다. 그리고 그 빛이 민혁을 완전히 집어삼켰다. 눈을 뜰 수 없을 정도로 눈이 부셨다. 이어 알림이 들려왔다.

[전설 속의 '초콜릿 낙원'에 입장하셨습니다.]

[전설에 발을 들인 32번째 유저십니다.]

[입장 시간은 1시간입니다.]

[전설 던전 찾은 횟수: 1회]

[명성 50을 획득합니다.]

[초콜릿 낙원의 모든 음식들은 일반 음식보다 더 맛있습니다.]

눈부심이 사라지고 천천히 눈을 뜬 민혁. 그는 감탄할 수밖에 없었다.

"우와 우와 우와아아!"

가장 먼저 그의 눈앞에 들어온 것은 빼빼로로 만들어져 있는 풀잎이었다.

쏴아아아아아-

산들바람이 불어온다. 그러자 빼빼로 풀잎들이 그 바람에 부드럽게 움직였다. 민혁은 그 풀잎들이 '누드 빼빼로', '아몬드 빼빼로', '일반 빼빼로' 이렇게 되어 있는 걸 알 수 있었다.

그중 아몬드 빼빼로를 똑 땄다.

[아몬드 빼빼로를 획득합니다.]

그러자 풀잎처럼 움직이던 빼빼로가 일반 빼빼로처럼 고정되었다. 민혁은 그 풀잎 빼빼로를 왕창 따서 한 손에 가득 찰 만큼 쥐었다. 그 상태에서 아몬드 빼빼로를 입에 가져갔다.

"와아아아앙!"

입에 가져다 씹는 순간, 아몬드의 맛이 느껴졌다. 바삭바삭하면서도 오독오독한 맛, 거기에 딸려 오는 달콤한 초콜릿과 과자의 맛.

"크, 역시 빼빼로는 아몬드지!"

그렇게 웃는 도중 알림이 들렸다.

[레벨업 하셨습니다.]

"어……?"

아몬드 빼빼로를 먹자마자 레벨업이라니. 신기한 일이었다. 그리고 그는 먹은 것으로 레벨업 했음을 알 수 있었다.

'설마?'

전설 던전은 보통 경험치 4배, 아이템 드랍률 4배 상승 효과가 있다고 들었다. 히든 던전보다도 훨씬 더 특별하고 찾기 어려운 곳! 한데, 그런 알림이 없었다. 또 주변에 몬스터도 없었고.

그 의미는 이 던전은 여기 있는 것들을 먹을 때마다 경험치를 얻는다는 거였다.

'와, 맛있는 것도 먹고 경험치도 얻는다……!'

일거양득! 민혁은 빼빼로를 다 먹어치웠다. 그러자 레벨이 5나 올랐다.

이번엔 나무 사이사이에 자라나 있는 것들을 발견했다. 버섯처럼 생긴 녀석들. 잘 보니 쪼코송이 과자였다.

"우왓!"

민혁은 후다닥 움직여 그것들을 전부 따서 입에 욱여넣었다.

[힘 1을 획득합니다.]
[민첩 1을 획득합니다.]
[지혜 1을 획득합니다.]

민혁은 쪼코송이들이 5대 스텟을 올려준다는 걸 알았다. 모두 먹자 힘 18, 민첩 15, 지혜 17, 체력 20, 지력 10을 획득할 수 있었다.

거기에 이어 민혁은 바위처럼 생긴 것을 봤다. 바위는 빼레로쉐 초콜릿이었다. 자신의 머리만 한 바위를 들어 올린 민혁은 그 상태에서 와구와구 먹었다.

[스킬 포인트 1을 획득합니다.]

하나를 먹자 1이 올랐다. 그는 다섯 개의 빼레로쉐 초콜릿 돌을 와구와구 먹었다. 총 5개의 스킬 포인트를 얻은 셈.

"크하하핫, 이곳은 천국이로다! 아닛, 저것은!"

그리고 흐르는 강을 보았다. 강은 초콜릿 우유가 분명해 보였다. 그는 강에 엎드려서 그 상태로 꿀꺽꿀꺽 들이켰다.

"꿀꺽꿀꺽 꿀꺽!"

강의 수심이 낮아지는 게 천천히 보였다. 누가 본다면 코끼리 가족이 물을 먹는 줄 알리라.

"크하하핫!"

[특별한 포인트 4를 획득합니다.]

[보너스 포인트로 올릴 수 없는 스텟도 투자 가능한 특별한 포인트입니다.]

초콜릿 강은 다름 아닌 특별한 포인트였다.

그다음 쭈욱 주변을 둘러봤다. 그 외에 먹을 수 있는 것들은 안 보이는 것 같았다.

'입장 제한 시간은 1시간이랬지? 이러다가 가장 중요한 걸 못 얻으면 큰일이지!'

민혁은 이제 자신이 해야 할 일을 알 수 있었다. 전설의 초콜릿 낙원에 존재하는 초콜릿 나무를 찾는 것.

그는 서둘러 걸음을 옮기며 주변을 둘러봤고, 곧이어 발견할 수 있었다. 마치 300년 된 나무처럼 웅장하게 자라나 초콜릿 낙원의 정중앙에 떡하니 버티고 있는 초콜릿 나무를!

민혁은 설렘을 참지 못하고 초콜릿 나무를 향해 달려갔다.

입안 가득 침이 고였다. 초콜릿 나무 앞에 도달하자, 자신이 작아 보일 정도로 정말 크다는 걸 알 수 있었다. 가지마다 초콜릿이 달린 한없이 달콤해 보이는 초콜릿 나무.

민혁은 천천히 그 나무에 손을 뻗었다.

[전설의 초콜릿 나무를 찾아내셨습니다.]

[명성 30을 획득합니다.]

[처음과 두 번째로 수확해 낸 초콜릿은 훨씬 더 특별합니다.]

[두 개의 초콜릿을 수확하실 시 초콜릿 나무를 획득하실 수 있습니다.]

[초콜릿을 수확하실 시 정령왕의 성스러운 가지를 획득하실 수 있습니다.]

"오호."

민혁은 마지막 알림 속 정령왕의 성스러운 가지가 바로 칼드가 말했던 아티팩트 재료라는 사실을 알 수 있었다.

그가 양쪽 다리에 힘을 주고 점프했다. 그리고 달려 있는 초콜릿 두 개를 똑 떼었다. 하나의 초콜릿의 색이 하얗게 물들기 시작했다.

[전설의 화이트 초콜릿을 획득합니다.]

[전설의 블랙 초콜릿을 획득합니다.]

[전설의 초콜릿 나무를 획득합니다. 초콜릿 나무는 매일매일 많은 양의 초콜릿이 열리며 일반 초콜릿은 비교도 할 수 없을 정도로 맛있습니다.]

[초콜릿 나무로부터 초콜릿을 수확하기 위해선 수확이라고 생각하거나 말하시면 됩니다.]

민혁은 거대했던 초콜릿 나무가 작아지기 시작한 것을 볼 수 있었다. 이어서 초콜릿 나무는 한 손에 들어올 수 있을 정도로 작아졌다. 그리고 민혁의 인벤토리 안으로 쏙하고 들어갔다. 그는 바로 전설의 초콜릿을 확인해 봤다.

(전설의 화이트 초콜릿)

재료 등급: 명약

특수 능력:

- 죽기 직전에 이른 자의 병, 상처를 치유한다.

설명: 전설의 초콜릿 나무를 통해서만 얻을 수 있는 놀라운 힘을 가지고 있는 화이트 초콜릿 맛은 두말할 것도 없이 좋은 편이다.

(전설의 블랙 초콜릿)

재료 등급: 명약

특수 능력:

- 체력+100
- 지혜+100

설명: 전설의 초콜릿 나무를 통해서만 얻을 수 있는 놀라운 힘을 가지고 있는 블랙 초콜릿. 맛은 두말할 것도 없이 좋은 편이다.

민혁은 고개를 주억였다. 그다음 초콜릿 나무에서 일반적인 초콜릿을 수확해 봤다.

"초콜릿 수확."

[하루에 20개씩만 수확할 수 있습니다.]
[오늘 수확 가능한 양 20/20]

민혁은 일단 한 개를 수확했다. 나머지는 나가서 할 생각이었다. 그의 앞으로 초콜릿 열매가 나타났다. 초콜릿 열매의 겉모양은 사과였고 색깔은 말 그대로 초콜릿이다.

민혁은 초콜릿 나무로 획득한 일반 초콜릿도 확인했다.

(초콜릿 나무의 초콜릿)
재료 등급: D
특수 능력:
- 아테네에 존재하는 어떠한 초콜릿보다도 훨씬 더 맛있으며 절대 물리지 않는다.

초콜릿 나무를 통해서 매일매일 수확할 수 있는 것들의 경우 특수 능력이 없었다. 사실 그렇게 된다면 말이 안 되는 것이기도 하다. 하지만 매일매일 수확하는 초콜릿에서의 놀라운 공통점.

"아테네에서 이보다 맛있는 초콜릿은 존재하지 않는다……!"

민혁은 기분 좋게 웃으며 그 초콜릿을 그대로 입으로 가져갔다.

"와구!"

입안으로 짙은 단맛이 퍼진다. 그 단맛은 깊고 진했다. 계속 입가로 가져갔다. 달콤함은 분명 기분 좋은 것이었지만 너무 달아 물릴 수도 있다. 하지만 설명처럼 절대 물리지 않았다. 마치 오랜만에 초콜릿으로 당 충전을 하는 느낌? 또는 오창욱이 말했던 군대에서 자신의 영혼까지 팔아서 초꼬파이를 먹던 그 기분!

"크하!"

민혁의 입 주변이 초콜릿 범벅이 되었다. 그렇게 하나를 다 먹어치우고 생각했다.

'전설의 초콜릿과 일반 초콜릿의 맛은 같다. 블랙 초콜릿은 브라우니 재료로 사용하고 화이트 초콜릿은 보류해 둬야겠어.'

먹을 것을 좋아하는 민혁이었지만 그는 언젠간 전설의 화이트 초콜릿이 쓰일 날이 올 거라는 생각이 들었다.

[입장 시간까지 5초 남았습니다. 카운트다운 시작됩니다.]
[5초, 4초, 3초, 2초, 1초.]

곧이어 민혁이 워프되어 그 자리에서 사라졌다.

광산 밖으로 나온 민혁은 어느덧 이상민을 비롯한 하오든 길드의 이들이 전부 연행되어 사라진 걸 볼 수 있었다.

"엘레는 아까 갔습니다."

"네."

민혁은 자신을 기다리고 있던 혜민아빠를 볼 수 있었다. 혜민아빠는 민혁이 혜민에게 지상 최고의 맛있는 초콜릿을 주기로 했었다고 약속했다는 말을 들었었다. 그에 고마울 수밖에 없었다.

"참, 그 아티팩트 재료를 얻어왔습니다!"

민혁은 광산에서 걸어 나오면서 확인한 성스러운 가지를 인벤토리에서 꺼냈다. 성스러운 가지는 척 보기에도 범상치 않아 보이는 색을 띠고 있었다.

그 가지를 받아든 혜민아빠는 아이템을 확인한 후 말문을 잃은 채 민혁을 바라봤다.

혜민아빠는 믿을 수 없다는 표정을 지었다.

'칼드는 설마 재료 등급을 알고 있었던 건가?'

대장장이 랭킹 2위 칼드. 그는 이 아티팩트의 등급을 알고 있었던 것이지 않을까 하는 생각이 불현듯 스치고 지나갔다.

그만큼 영향력 있고 생각이 있는 사람인데, 왜 그렇게까지 욕심을 부렸나 했는데, 지금 그 이유가 어느 정도 이해가 됐다. 물론 자신이었다면 그런 몹쓸 짓을 하려고 하진 않았겠지만.

아티팩트 재료의 등급은 요리 재료 등급처럼 D등급부터 SSS등급까지 있다고 알려져 있다. 하지만 실질적으로 SS등급이나 SSS등급은 국내에 풀려 있지 않았다.

혜민아빠가 드래곤 소드를 만들 때 사용했던 고대 드래곤의 오래된 뼈도 S등급이었다. 그럼에도 해외에서 놀랄만한 아티팩트가 나온 이유는 오로지 혜민아빠의 힘 때문이었다.

하지만 그 역시도 당시엔 최고였지만 현재로써는 S등급 중 가장 최하위의 옵션 정도이다. 얼마 전에 얻은 그리폰의 영혼 역시도 S등급이었다. 드래곤 소드보다 훨씬 더 좋은 옵션을 가지고 있었기에 전의 재료보다 더 뛰어나다고 여겼을 뿐.

그런데 지금 나타난 성스러운 가지. 이는 동일 등급에서는 하위의 옵션이었으나, SS등급이었다.

세계적으로 몇 개밖에 풀리지 않은 SS등급! 게다가 국내와 해외 서버가 합쳐지지 않았으니 사실상 국내 아테네에서 가장 최고의 아티팩트 재료인 셈이다.

그리고 하위 옵션이라고 해도 역시 SS등급이라는 말이 나올 정도로 엄청났다.

(정령왕의 성스러운 가지)

재료 등급: SS

특수 능력:

- 모든 스텟+10~12%
- 마법 방어력+60%
- 5대 속성을 아티팩트에 담을 수 있다.
- 정령 친화력 대폭 상승.

설명: 전설의 초콜릿 낙원에서 얻을 수 있는 성스러운 가지. 이는 정령왕 엘라임의 힘이 깃들었다.

'진짜 말도 안 나오는군.'

아티팩트는 한 가지 재료가 아닌, 여러 가지 재료를 통해서 만들어진다. 재료들은 각각 특수 능력을 가지고 있는데, 제작자에 따라 특수 능력의 옵션이 변하게 된다. 처음 얻은 재료에 있는 수치대로 나오지는 않지만 적어도 그 수치보단 훨씬 높게 나올 확률이 높다.

"만족할 만한 프라이팬을 만들어 드릴 수 있을 것 같습니다. 오늘 내로요."

이미 거의 완성된 프라이팬에 성스러운 가지를 추가하는 것이었기 때문에 금방 끝낼 수 있으리라.

"예, 알겠습니다."

"론의 대장간으로 가시나요?"

"네, 이제 거기에서 브라우니를 만들어야지요."

민혁의 얼굴은 어린아이처럼 설렘으로 가득 차 있었다.

민혁은 루완과 레톤, 다른 광부들에게 작별 인사를 하고는 곧바로 론의 대장간으로 왔다.

대장간으로 온 그는 브라우니를 만들 준비에 들어갔다.

브라우니를 만드는 건 어렵지 않았다. 재료는 초콜릿과 버터, 설탕, 바닐라설탕, 계란, 중력분과 코코아 가루, 베이킹파우더, 소금, 슈가파우더 약간이면 된다.

"드디어 쪼콜릿을……!"

때마침 혜민이도 들어와 있었다. 론은 흠흠 하는 표정으로 민혁을 봤다.

"이번엔 나도 좀 주겠지……?"

민혁은 이번엔 론에게도 줘야겠다고 생각했다. 안 주면 왠지 울 것 같았기 때문!

먼저 민혁은 초콜릿과 버터를 중탕으로 녹이기 시작했다. 잘 녹인 후에는 그 안에 설탕과 바닐라설탕을 넣어주고 그 후에 잘 풀린 계란을 풀어서 잘 섞어주었다.

다 섞은 후에는 체에 중력분과 코코아 가루, 베이킹파우더 등을 뿌려준다. 그리고 잘 섞어준 후, 미리 180도로 예열한 오븐에 20분간 구워주어야 했다. 민혁은 이곳에 오기 전 인근에 빵집을 운영하는 헬로 씨에게 오븐을 빌려 왔었다.

민혁은 오븐 안에 브라우니를 넣은 뒤에 타이머를 맞췄다.

"넘나 기대되는 것."

"나도!"

혜민이가 실실거리며 웃었다.

민혁은 그녀의 머리를 한 번 흐뜨려 주고는 오븐 앞에 서서 바라봤다. 꽤 많은 양의 브라우니를 오븐에 돌리고 있었는데, 그중에 하나는 전설의 블랙 초콜릿으로 만드는 것이었다. 식신은 명약을 요리하면 추가 효과를 얻는다는 것을 잊지 않은 것이다. 그리고 20분이 지났을 때.

띵!

하는 경쾌한 소리가 났다.

"아싸!"

민혁이 씨익 웃으며 오븐 안의 브라우니들을 꺼냈다.

아직 뜨거워 보이는 브라우니들은 당장 먹으면 혀를 델지도 몰랐다. 조금 식혀줘야 했다. 또한, 식기 전에 칼로 자르면 브라우니가 부서질 수도 있어서 주의해야 했다.

브라우니가 모두 식었을 때 민혁은 조심조심 브라우니를

먹기 좋은 크기로 잘라냈다. 그리고 그 위로 슈가파우더를 솔솔솔 뿌려준다. 슈가파우더가 마치 눈처럼 사르르르 브라우니 위로 내려앉는다.

"자, 이제 먹자!"

"웅!"

"그러지!"

혜민에 이어 론까지 고개를 끄덕였다.

민혁은 그중에서 먼저 전설의 블랙 초콜릿으로 만든 것을 집었다. 사실 맛은 모두가 똑같았으니, 혜민이에게 나쁜 일을 하는 건 아니었다.

먹기 전에 민혁은 쿵 소리 나게 뭔가를 꺼냈다. 그것은 다름 아닌 아이스 아메리카노가 담긴 10L짜리 통이었다.

"……이게 다 아메리카노인가?"

"예!"

"……."

론은 할 말을 잃었다. 엄청난 양의 아메리카노! 그리고 혜민이 거는 당연히 우유로 준비했다.

민혁은 아메리카노를 컵에 따른 후에 아직 뜨뜻한 온기가 있는 브라우니를 한입에 집어넣었다.

"와아아아앙. 와구!"

입에 넣자마자 부드럽고 달콤한 맛이 입안 가득 퍼진다. 씹을수록 진득한 초콜릿의 맛이 느껴지고 쫀득쫀득하다. 거기에 아이스 아메리카노를 빨대로 한 모금 쪽 마시자, 씁쓸한 아메리카노가 다디단 브라우니의 맛을 한껏 잡아줬다.

"맛있다!"

"혜민이도 맛나!"

혜민이가 무척 잘 먹는다.

그에 민혁은 빙긋 웃었다.

후유중에 의해 먹지 못했던 혜민이가 다시 먹게 되었으니, 이제 이 브라우니처럼 맛있는 걸 좋아하고 더 아끼게 되었으면 좋겠다는 생각을 한다. 그렇게 전설의 블랙 초콜릿으로 만든 브라우니를 다 먹어치웠을 때, 알림이 울렸다.

[전설의 블랙 초콜릿으로 만든 브라우니를 드셨습니다.]

[식신의 위대함]

[명약 페널티를 무시합니다. 단, 이는 여러 명이 효과를 볼 수 없습니다.]

[명약 요리. 추가 스텟을 획득합니다.]

[체력 113, 지혜 110을 획득합니다.]

민혁은 흡족한 미소를 지었다. 체력으로 HP가 1,130, 지혜로 MP가 1,100 상승했다.

미노타우르스의 목걸이가 있었기에 망정이었지, 민혁은 광산 안에서 엘레의 검술을 사용해 보며 생각보다 정말 어마어

마한 양의 MP가 소모된다는 걸 뼈저리게 느꼈다.

그렇게 브라우니를 모두 먹어치웠을 때였다.

"아빠 똥꾸우우!"

혜민이가 한쪽으로 뛰어갔다. 그곳에 혜민아빠가 있었다.

혜민아빠는 자신을 향해 달려오는 혜민이를 안아 들었다. 그녀의 입가에 가득 묻은 초콜릿을 휴지로 닦아줬다. 그러면서 그는 민혁에게 다가갔다.

'내 인생 역작이 탄생했다…….'

설마설마 자신도 이 정도 아티팩트가 나올 줄은 꿈에도 몰랐다. 그는 민혁의 앞으로 다가갔다. 그리고 그것을 민혁에게로 내밀었다.

말 그대로 프라이팬이었다. 일반 가정집에서 흔하게 볼 수 있는 모양의.

"확인해 보시죠."

혜민아빠의 말에 따라 민혁은 설렘을 한가득 안고 확인해 봤다.

박 팀장과 이민화 두 사람이 함께 모니터를 바라보고 있었다.

"국내 최초의 전설 아티팩트……."

박 팀장이 중얼거렸다.

그리고 이민화가 그 뒷말을 이었다.

"그게 프라이팬이라니."

그리고 이어서 특별 유저 관리팀의 문이 열리며 그 안으로 개발팀원들이 우르르 들어왔다.

"최초의 전설 아티팩트가 나왔다고? 그리폰의 영혼에, 성스러운 가지가 들어간?"

심지어 최고의 대장장이인 헤파스의 후예가 제작해 냈다.

이민화와 박 팀장이 고개를 끄덕였다. 운영자들에게도 최초의 전설 아티팩트의 등장은 예사롭지 않은 일이었으니까.

모니터 안에서 민혁 유저가 프라이팬을 확인하고 있었다.

이석훈 팀장이 말했다.

"이민화 사원. 아티팩트 정보 좀 띄워봐."

"예, 알겠습니다."

이민화가 프라이팬의 아티팩트 정보를 열람했다.

(헤파스의 전설의 프라이팬)

등급: 전설

제한: 힘 300, 민첩 300, 손재주 500

내구도: ∞/∞

공격력: 411

방어력: 864

특수 능력:

- 모든 스텟+15%
- 마법 방어력+100
- 마법 방어력 효과×2
- 마법 반사 확률+50%
- 정령 친화력+50%
- 5대 속성 마법을 캐스팅 없이 2클래스까지 사용 가능하며 프라이팬에 그 능력을 담아 조리할 수 있기도 하다.
- 스킬 그리폰의 비명
- 스킬 프라이팬 거대화

설명: 헤파스의 후예가 심혈을 기울여 제작한 전설 아티팩트. 특히나 요리를 위한 부분에 더욱더 심혈을 기울였다. 2클래스 마법을 사용해 프라이팬에 요리할 때 적용시킬 수 있다.

"와…… 미쳤다……."

"……민혁 유저한테서 뺏어 오고 싶다."

그들 모두가 감탄한 표정이었다. 일단 모든 스텟 15% 상승은 5대 스텟이 아니다. 유저가 가진 특별한 스텟들 역시 상승한다. 예를 들어 손재주가 1,000이면 1,150의 힘을 낸다. 거기에 더해져 마법 방어력 효과 두 배는 말 그대로 민혁이 50의 마법 방어력을 가지고 있으면 딱 두 배인 100의 마법 방어력 효과를 내는 거다.

또한, 정령 친화력 50% 상승. 까탈스러운 정령들과 친화력을 올리는 건 사실상 매우 어려운 일이다. 그런데 처음부터 50%의 친화력을 먹고 간다면 엄청난 효과다.

그리고 마법 반사 확률 50% 상승.

"저 정도면 마법 방어력만 받쳐주면 어지간한 마법은 50% 확률로 튕겨낸다는 거잖아……."

튕겨내는 게 끝이 아니다. 마법 반사라고 한다면 튕겨낸 마법을 자신에게 마법 공격을 사용한 이에게 그대로 돌려주는 걸 의미한다는 거다.

그리고 5대 속성 마법을 2클래스까지 사용 가능. 보통 유저들은 레벨 100 정도가 되어야 2클래스를 마스터할 수 있다. 한데, 민혁 유저는 100레벨 이전인데 그 2클래스 마법을 모두 사용할 수 있게 된다.

"저 유저는 심지어 마법사도 아닌데……."

이어서 이석훈 팀장이 말했다.

"스킬 정보도 좀 볼 수 있어?"

"예."

이민화가 프라이팬에 붙어 있는 스킬 정보까지 오픈했다.

(그리폰의 비명)

아티팩트 스킬

레벨: 없음

소요 마력: 500 / 쿨타임: 15분

효과:

• 반경 20m 내 몬스터의 어그로를 끌 수 있으며 본인보다 레벨이 높아도 확률에 따라 가능하다.

• 어그로 확률 70~80%

• 반경 10m 내에 있는 길드원, 파티원 등에게 5대 스텟 상승 버프 효과를 13~18% 사이로 준다.

설명: 헤파스의 전설의 프라이팬에 들어간 그리폰의 영혼에 의해 추가된 스킬.

"……미쳤군."

이석훈 팀장이 스킬을 보고 말을 잇지 못했다. 그 이유는 어그로와 버프 능력이 함께 있었기 때문이다.

애초에 버프란 힐러, 또는 요리사가 가진 특수한 능력이었다. 한데, 스킬 안에 어그로 능력도 버프 능력도 있었다.

게다가 13~18%나 높여준다는 건 정말 말도 안 될 정도의 일이다. 레벨 100짜리가 113~118의 힘을 내게 되는 건 사냥할 때 결코 무시할 수 없는 부분이다.

길드전, 공성전, 토벌대 등등에서도 이 효과를 가지고 있다면 엄청날 터다.

또한, 가장 중요한 것은.

"숫자 제한이 없어……."

어그로는 보통 숫자 제한이 존재한다. 하지만 이 그리폰의 비명은 어그로 숫자도 제한이 없었고 버프 숫자도 제한이 없었다.

"저기에 버프 요리까지 먹이면……."

"……."

박 팀장이 말문을 잃었다. 그 주위의 아군은 최대 30%까지 힘을 얻게 될지도 모른다는 것.

그다음 스킬인 프라이팬 거대화.

(프라이팬 거대화)

아티팩트 스킬

레벨: 없음

소요 마력: 크기에 따라 다름 / 쿨타임: 15분

효과:

• 프라이팬의 크기를 자유자재로 조절하여 요리하거나 방어할 때 사용할 수 있다.

설명: 헤파스의 전설의 프라이팬에 들어간 그리폰의 영혼에 의해 추가된 스킬.

프라이팬 거대화는 딱 민혁에게 안성맞춤인 듯 보였다.

"저 유저는 얼마나 기뻐할까."

이석훈이 무의식적으로 중얼거렸다.

그때 모니터 속의 민혁은 뾰로통한 표정을 짓고 있었다.

[이게 뭐예요, 제육볶음이 잘 졸아지는 기능, 부침개를 바삭하게 익히는 기능이 없잖아요……. 흐엉!]

"컥……!"
그에 이석훈은 말했다.
"지금 저 좋은 옵션들보다 그게 더 중요하다는 거야?"
그에 박 팀장이 말했다.
"뭘 새삼스럽게 놀라고 그래."

혜민아빠는 민혁의 말을 듣고 당황했다.
"다, 다른 옵션들도 확인해 봤어요?"
"확인하긴 했는데, 왜 졸아지는 기능이 없는 거예요. 흐엉."
민혁은 눈물까지 글썽거렸다.
'내가 얼마나 기대했는데!'
그에 혜민아빠는 생각했다.
'전설 아티팩트의 옵션보다 졸아지는 기능이 더 중요하다니…….'
새삼 다시 뺏을까 하는 생각이 들었지만 빠르게 접었다.
"있어요……. 표기되지 않았을 뿐이지."
"있다고요?"

"예. 거기 보면 2클래스 마법을 조리에 사용할 수 있다고 되어 있잖아요. 혹시 양념에 재워놓은 고기 같은 거 있어요?"

"물론이죠!"

민혁은 미리 재워놓은 돼지고기가 있었다. 혜민아빠가 프라이팬을 만들어줬을 때 바로 해 먹으려고 준비해 놓은 것.

"프라이팬 위에 올려봐요."

"네."

민혁은 프라이팬 위에 고추장과 양파, 당근, 깨가 뿌려진 상태에서 잘 재워진 돼지고기를 올렸다.

그러자 알림이 들렸다.

[프라이팬이 재료를 인지합니다.]

[2클래스. 파이어 볼을 추천합니다.]

[사용하시겠습니까?]

화아아아악!

프라이팬 위로 아주아주 작은 불의 구가 생성되었다. 마법사 유저들이 흔히 사용하는 파이어 볼이었다. 하지만 이 파이어 볼의 크기는 일반 것들보다 매우 작았다.

"요리할 때의 경우 프라이팬 크기에 맞춰서 마법 크기가 달라집니다."

"오호!"

그리고 파이어 볼이 제육볶음을 뒤덮었다.

촤아아아아아!

불이 딱 알맞고 빠르게 제육볶음을 익혀내기 시작했다. 양념이 제육볶음 안으로 배어드는 게 보였고 겉은 또 너무 타지 않게 적당히 익어간다.

뚝딱 하고 제육볶음이 완성되었다.

"와…… 와……!"

민혁은 감탄사를 뱉었다. 제육볶음을 가져다 입에 넣어봤다. 매콤한 제육볶음 안에 정말 놀라울 정도로 양념이 잘 배어 있었다.

"나도 한 입!"

민혁이 혜민이의 입에도 쏙하고 제육볶음을 넣어줬다.

매콤달콤한 제육볶음은 남녀노소 모두가 흔히 좋아하는 음식. 뭔가 밥이 생각나는 맛이었다. 제육볶음을 어느 정도 비워내고 프라이팬 위로 밥 한 공기를 떡하니 올렸다.

[프라이팬이 재료를 인지합니다.]
[1클래스. 파이어를 추천합니다.]
[사용하시겠습니까?]

"예."

화아아앗!

파이어는 작은 불을 일으키는 마법. 그 작은 불이 볶아지는 밥 전체를 감쌌다. 그리고 민혁이 프라이팬 위로 잘 볶아진 밥을 펼치자 파이어 마법이 볶음밥 밑부분. 즉, 깔린 밥 부분을 적당하게 익혀냈다.

"와, 정말 대단한 기능이에요. 우물우물."

민혁은 볶음밥을 우물거리며 엄지를 치켜세웠다.

끝이 아니었다. 다 먹은 후에는 이런 알림도 들렸다.

[프라이팬을 1클래스 마법 아쿠아를 사용해 세척할 수 있습니다.]

"세척."

프라이팬으로 저절로 물의 구가 생겨났다. 이어 엄청난 속도로 프라이팬 안에서 회전을 시작했다.

촤아아아앗!

물이 허공에 증발했다. 그와 함께 깨끗해진 프라이팬을 볼 수 있었다.

"정말 너무너무 만족해요. 감사합니다!"

"네, 뭐."

혜민아빠는 어깨를 으쓱했다.

특별한 옵션들보다 요리가 더 잘되는 게 좋단다. 그래도 본인이 만족하면 좋은 일 아니겠는가?

"아마 혜민이는 당분간 접속 안 할 것 같아요. 이제 유치원도 가고 현실 속 맛있는 걸 먹어야죠. 저도 아마 당분간은 접속 못 할 것 같습니다."

그 말에 민혁은 빙긋 웃었다.

한편으론 혜민이가 조금 부럽기도 했다. 그녀는 이제 음식을 현실에서 먹게 되었다고 하니까. 하지만 민혁도 언젠간 스스로 그런 날이 오지 않을까 하는 기대감을 품고 있다. 지금도 조금씩이지만 살이 빠지고 있었으니까.

"저도 이제 슬슬 로그아웃 시간이 됐네요, 운동하러 가야겠어요."

"그렇군요. 참, 민혁 님. 친구 추가해도 되나요?"

"물론입니다."

혜민아빠는 민혁에게 좋은 사람이었다. 좋은 프라이팬을 만들어주었으니까. 그리고 혜민이도 앞으로 기회가 된다면 더 보고 싶었고. 친구 추가를 완료한 후에 민혁은 자신의 등 뒤로 프라이팬을 멨다.

그 모습을 보고 혜민아빠가 중얼거렸다.

"배그인 줄……."

"……?"

"게임인데, 치킨이 생각나는 게임이죠."

"아하. 그렇군요. 치킨이 떠오르다니, 훌륭한 게임 같네요."

민혁이 흥미 있는 표정으로 웃었다.

곧이어 민혁이 먼저 작별 인사를 하고 접속 종료했다. 그가 접속 종료를 하고 막 혜민아빠도 로그아웃하려던 때 귓속말이 왔다.

[지니: 혜민아빠님, 선물은 잘 드렸나요?]

레전드 길드, 비공식적으로 국내 최고의 길드라는 소문이 자자한 곳. 그곳의 길드 마스터 지니를 대부분이 중후한 남성으로 예상하고 있었지만, 레전드 길드의 길드마스터는 이제 막 스무살이 된 여인이었다.
하지만 어리다고 무시하면 안 된다. 그녀는 아테네라는 게임을 철저히 분석하고 공략하는 천재 게이머였다.

[혜민아빠: 네, 선물 잘 해드렸고 만족하시더군요. ㅎㅎ 이해해 주셔서 감사합니다. 길마님.]

본래 그리폰의 영혼은 지니에게 템 제작을 해주기로 구두로 약속했었다. 하지만 혜민아빠와 혜민이의 이야기를 듣고 흔쾌히 양보해 준 것이다. 참 고마운 사람이고 강한 사람이었다.

[지니: 아니에요. ㅎㅎ 혜민이도 조만간 보러 가야 하는데, 그분도 혜민이랑 잘 놀아주셨다죠?]

혜민아빠는 지니와 대화를 하던 중 문득 떠오른 사실이 있었다.

[혜민아빠: 그러고 보니 그분과 지니 님 동갑이네요.]
[지니: 오, 그런가요?]
[혜민아빠: 네, 사실 그분이 누구하고 계속 닮았다는 생각을 계속했었는데, 그게 알고 보니 길마님이었던 것 같아요.]

혜민아빠는 떠올려 봤다. 둘이 분위기가 닮았다. 이제 생각해 보니 확실했다.
'지니 님은 최고가 될 거라는 느낌이 딱 들었지, 그 느낌 외에도 민혁 님과 분위기가 흡사했어.'
뭐랄까, 정이 많은 느낌?
최고의 랭커가 그런 느낌이 들었기에 혜민아빠는 다소 의아했다. 본래 랭커들은 차갑고, 자기들밖에 모르는 사람이 많았으니까.

[지니: 저도 그분 한번 만나보고 싶네요. 궁금해요.]

그 말에 혜민아빠는 작게 웃었다. 지니에게 추가로 귓말이 날아왔다.

[지니: 참, 그러고 보니 이번에 브레트니 광산을 습격했던 무리들 있잖아요. 하오든 길드와 칼드요.]

[혜민아빠: 아, 네. 지금 인터넷이 뜨겁죠. 악플로…… 왜 그런 짓을 한 건지, 휴…….]

이어서 지니에게 날아온 귓속말은 다소 놀라운 내용이었다.

[지니: 알고 보니, 하오든 길드의 길마가 저하고 중학교 동창이더라고요.]

혜민아빠는 귓속말을 보고 다소 놀란 표정을 지었다.
'동창? 친구?'
혜민아빠는 그에 조심스럽게 물었다.

[혜민아빠: 아…… 그래요? ㅎ 혹시 친구분인가요?]
[지니: 아뇨. 친구라고 하기엔 애매한 사람이라서요^^;; 아시다시피 저희 길드에 제 동창들 두 명 있잖아요?]

레전드 길드는 정말 정예 중의 정예들만이 모인 길드였다. 총 숫자가 열다섯 명이 채 되지 않는다. 그리고 그중 세 사람. 즉, 지니와 다른 두 사람이 중학교와 고등학교를 함께 올라온

이들이라고 들었다.

그들은 아테네가 오픈하기 전 베르사르에서부터 합을 맞춰 온 이들이었다. 그 세 명이 사실상 레전드 길드를 있게 한 주축이라고 할 수 있었다.

[혜민아빠: 아, 그렇죠.]
[지니: 걔네들도 전부 싫어해요…….]
[혜민아빠: 아하, 그때도 브로니라는 유저는 비호감이었나 봐요.]
[지니: 예, 뭐……. ^^]

"아빠 똥꾸우~ 혜민이 배고파요."

그에 혜민아빠는 혜민이의 머리를 쓰다듬어 주며 귓속말을 마무리했다.

[혜민아빠: 혜민이가 배고프다고 해서 전 이만 로그아웃해 보겠습니다. 길마님! 다음에 봐요!]
[지니: 아, 넵!]

수십 마리의 본 드래곤들이 쓰러져 있었다. 그리고 한쪽에는 앉아서 쉬고 있는 여인이 있었다.

웨이브 진 긴 머리카락을 끈으로 묶은 그녀는 척 보기에도 엄청난 미녀였다. 실제 알리샤나, 루시아와 견줄 수 있을 정도의. 또한, 남자들이 시선을 떼지 못할 것 같은 글래머러스한 몸매이기도 하였다.

"다 잘 풀리셨다니, 다행이네."

지니는 부드럽게 웃음 지었다.

혜민아빠가 로그아웃한 후, 그녀는 작은 숨을 뱉어내며 주변을 둘러봤다.

그녀가 현재 있는 곳은 죽은 자의 땅이라고 불리는 아쟈카였다. 아쟈카는 유저들이 발을 들이지 않는다. 몬스터들이 레벨 400대에 비해 너무 강한 녀석투성이였기에. 그 때문에 지니와 레전드 길드원들은 주로 이곳에서 사냥하곤 했다. 그래야지만 다른 길드와의 마찰을 피할 수 있었다.

'이제 슬슬 우리도……'

세상에 모습을 드러내게 될 것이다.

이젠 모습을 숨기는 게 힘들어졌다. 얼마 전부터 아레스 길드에서 꼬리를 밟기 시작했고 점차 포위망을 좁혀가기 시작했다.

아마도 자신들을 잡아 유명세를 얻고 싶은 거겠지.

그녀는 문득 거대한 철문을 바라봤다. 저 안쪽으로 들어가면 본 드래곤보다 강력한 몬스터들이 있었다. 몇 번이고 도전했지만, 강제 로그아웃 당할 뻔했다. 유저로서 바로 앞에 두고 클리어하지 못한 곳이 있다는 것은 안타까운 일이었다.

바로 그때.

수우우웅-

바람이 불었고 그녀의 머리카락이 흔들렸다.

"왔어?"

그녀는 굳이 돌아보지 않고 말했다.

그에 오른쪽에 선 미형의 남성이 고개를 끄덕였다. 그는 권왕이라는 전설 클래스를 가진 칸이었다. 실제 주먹을 쓰는 무투가로 공식 랭킹 1위와 견줄 만큼 강력한 사내였다.

그리고 그 왼쪽에는 칸과 대조되는 외형의 남자가 나타났다. 산적같이 생긴 얼굴에 덥수룩한 턱수염, 바로 크레이지 프리스트인 로크였다. 그는 프리스트, 즉 힐러 계열이었지만 그와 거리가 한참이나 멀었다. 그 역시 전설 클래스였다.

"생각보다 눈에 차는 사람이 없어."

그에 칸과 로크가 고개를 주억였다.

"버프 뛰어난 요리사가 제격인데 말이지."

버프 뛰어난 요리사. 레전드 길드는 강력한 보스몹 레이드도 다 같이 모여 참석하기도 하지만 이렇듯 소수로 사냥을 하기도 한다. 그리고 레전드 길드에는 힐러가 있긴 하였지만, 그 힐러가 버프와는 한참이나 거리가 멀었다.

"아, 너는 왜 힐러가 힘하고 체력에 스텟 몰빵하고 그러냐."

"아, 갑갑하게 힐 주고 버프 주는 거 적성에 안 맞는다고 말했잖아, 함 떠?"

"맨날 그놈에 '함 떠'는 무슨, 힐러가 크레이지 프리스트가
뭐냐."

크레이지 프리스트. 버프 능력이나 힐보다 적을 공격하는
능력이 더욱더 우수한 능력자였다. 힐을 받은 몬스터들이 괴
로워한다면 믿겠는가?

"사실 일반 힐러가 여기 오는 건 힘들지."

지니가 쓴웃음을 지었다.

일반 힐러는 이곳에 오기 힘들다. 힐러는 보통 다른 직업보
다 레벨이 낮은 편이었다. 이런 강력한 브레스와 마법, 트릭이
난무하는 곳에서 힐러는 살아남기 힘들다.

또한, 레전드 길드 특성상 개인플레이도 자주 즐기기에 실
력 있는 요리사가 필요한 것이다. 실력 있는 요리사는 보관도
가 길고 버프량도 좋은 요리를 만들 수 있을 테니까.

"황혼의 요리사급이면 좋을 텐데."

"아, 맞다!"

그에 로크가 뭔가 생각난 듯한 표정이었다.

"얼마 전에 버프 돈까스로 유명세 탄 유저는 어떨까?"

그에 칸이 이마에 손을 짚었다. 지니도 쓰게 웃었다.

"그 유저 조작이라고 유명하잖아, 로크."

칸이 혀를 쯧 찼다.

"우리 길드원들이 볼 가치도 없는 조작이라고 한 거 못 봤

냐? 무슨 요리사 버프가 레벨 15~20짜리인데 4% 가까이 되는 공격력과 방어력을 올려주겠냐? 좀 생각을 하고 살아라."

"야!!"

로크가 칸을 향해 빽 소릴 질렀다. 흠칫한 칸이 그를 돌아봤다.

"나도 생각이란 걸 한다!"

"와…… 생각이란 걸 다 하시고……. 정말 대단하시네요……."

짝…… 짝…….

칸이 박수까지 쳐줬다.

지니가 한숨을 쉬며 몸을 일으켰다.

"슬슬 가자."

또다시 도전할 시간이었다. 저 철문 안쪽을 향해.

만약 뛰어난 요리 버프가 생긴다면 클리어가 가능할 거다. 하지만 없는 지금은 오로지 실력으로 다시 부딪쳐 봐야 했다.

걸음을 옮기던 그녀가 우뚝 멈추며 중얼거렸다.

"이번 동창회에 그 녀석이 나올까?"

로크와 칸이 말이 없었다. 그저 씁쓸한 웃음만 짓고 있었다.

"빌어먹을 새끼, 어떻게 우리한테 그럴 수 있냐? 중학생 때 전학 가서 갑자기 연락도 안 되고. 적어도 살았는지 죽었는지는 알려줘야 할 거 아냐!"

로크가 빽 소리를 질렀다. 그에 칸도 고개를 끄덕였다.

"만나면 볼기짝을 짱구처럼 두들겨 버리겠어!"

그렇게 험담하지만, 그들은 그립다는 표정이었다.

"이거 레이드 끝나고 내가 다시 연락해 볼게."

지니가 그렇게 말하며 자신의 창을 꺼내 들었다.

끼이이이익-

쿵.

철문이 열리고 그 안으로 그들이 입장했다.

접속을 종료한 민혁은 운동을 끝내고 의자에 앉아 방울토마토를 먹고 있었다.

창욱은 옆에서 민혁이 휴대폰으로 열람한 헤파스의 전설의 프라이팬을 보면서 감탄하고 있었다.

"히야……. 너의 뒤통수를 힘껏 때리고 빼앗아 오고 싶다. 이 거 어지간한 마법들 다 튕겨내겠는데? 심지어 방어력이 800이 넘는다. 내 갑옷 방어력이 700밖에 안 되는데."

창욱이 방어력에 감탄하는 이유는 제한이 높은 아티팩트는 고렙들만 낄 수 있고, 그런 고렙들이 끼는 아티팩트의 방어력 이 당연히 초보들이 끼는 것보다 높기 때문이었다. 한데, 민혁 은 80레벨에 400레벨대 랭커들이나 가질 법한 방어력, 아니, 그 이상의 옵션까지 가진 아티팩트를 얻은 셈.

하지만 곧이어 제한을 보고 생각했다.

'소, 손재주가 500……? 제한도 만만치 않구나.'

그러다 창욱은 아차 했다.

"너 이제 좀 있으면 레벨 100되지?"

"네."

우걱우걱-

방울토마토를 맛없게 먹고 있던 민혁이 고개를 끄덕이자 창욱이 턱을 쓸었다.

"레벨 100되면 직업들 관련 특수한 퀘스트 같은 거 발발한다. 물론 일반 직업들은 탑 같은 데 가서 받고."

"저도 알요!"

민혁도 아테네에 대해서 꾸준히 공부하고 있다. 그래야 맛있는 걸 잘 먹을 수 있기 때문이었다.

하지만 과연 자신도 퀘스트를 받을까? 하는 생각을 했다.

'난 150레벨 때 유물 해야 하는데?'

그 때문에 민혁은 이제 접속하면 당분간 레벨업 좀 해야겠다고 생각했다. 물론 그 레벨업의 보상에 먹을 것은 무조건 포함되어야만 한다.

"그리고 100레벨 되면 에피소드 퀘스트 같은 것도 진행할 수 있지."

"나도 안다니까요. 형."

"그래? 그럼 이건? 에피소드 퀘스트 같은 대형 퀘스트는 명성이 안 받쳐주면 못 한다는 거."

"그것도 알죠. 할 수 있을 것 같은데?"

그 말에 창욱은 의미심장한 웃음을 '후후'하고 지었다.

사실상 100레벨 때부터 에피소드 퀘스트와 제국 퀘 같은 대형 퀘가 가능하지만 그건 사실 말뿐이다. 그 이유는 명성에 의해 100레벨 유저들은 대부분 참가하지 못하기 때문이다.

명성은 NPC와 친해지거나, 혹은 특별한 걸 해냈을 때 얻을 수 있고, 퀘스트나 다양한 경로를 통해서 얻을 수 있다. 하지만 이는 결코 쉬운 일이 아니다.

"명성 100은 되어야 참가할 수 있다. 근데 보통 100레벨 유저들 명성이 50 정도밖에 안 되니까, 아마 너도 참가……."

그렇게 중얼거리며 창욱은 민혁의 휴대폰으로 명성 수치를 확인해 봤다.

"……"

그는 말문을 잃었다.

'무슨 명성이 나보다 높아!'

민혁의 명성은 자그마치 452였다. 그에 비해 창욱의 명성은 250대였다.

그는 괜히 이런 말을 했다간 저번처럼 민혁에게 '와, 형 겜 진짜 못하나 봐요'라는 말을 들을까 봐 조용히 입을 다물었다. 창욱이 조용해지자 민혁은 고개를 갸웃했다.

창욱은 몸을 일으켰다.

"맞다, 나 앞에서 친구들 좀 만나고 올게."

"와, 동생은 친구 하나 없이 외롭게 여기서 방울토마토나 먹고 있는데!"

"……가지 말까?"

"농담입니다."

민혁은 빙긋 웃었다.

창욱이 '으구!' 하는 표정을 지으며 나섰다. 창욱을 대신해 식단 관리사 임혜진이 그의 옆에 앉았다.

'부럽다.'

민혁은 창욱을 보며 생각했다.

폭식 결여증은 중학생 시절 갑자기 찾아왔다. 그는 집의 냉장고에 있는 모든 것을 그대로 먹어버렸고, 그때 이후로 학교에 가지 않았다. 그리고 소리 소문 없이 빠르게 전학 처리를 밟고 미국으로 갔다.

미국에서 치료법을 얻으려 했지만 '폭식 결여증'이라는 병명만 알고 돌아왔으며 미국에서 돌아왔을 땐 40kg이 쪄 있었다. 단 2개월 만에 일어난 일이었다.

그때 민혁은 엄청난 우울증과 조울증 등에 시달리며 자살 충동까지 일었었다. 때문에 휴대폰 번호를 바꾸고, 자신의 존재 자체를 감췄다. 친구들과 연락하면 왠지 과거의 화려했던 자신이 그리울 것만 같았다. 그들에게 자신의 이런 모습을 보이고 싶지 않았다. 또, 그들이 자신을 싫어하진 않을까, 손가락질하지 않을까 생각했다.

민혁은 남들 앞에서 항상 웃는다. 그리고 누군가 돼지라고 하면 말한다.

'저 돼지예요. 꾸이이이이이익!'

하지만 그렇게 말하는 것은 결코 좋아서 그런 게 아니다. 단지, 웃지라도 않으면 너무 절망적이기 때문에 그렇게 행동하는 거다.

'친구…….'

그 두 글자. 그를 곱씹어본다. 자신에게도 그런 존재가 있었다. 학교가 끝나면 함께 PC방에 가던 녀석들.

자신은 게임을 정말 못했다. 그래서 친구들은 말했다.

'역시 세상은 공평해.'

'와, 민혁아……. 너 게임 리얼 못한다…….'

'즐 쳐 드셈!'

그때의 유행어를 남발하며 친구들과 재밌게 어울리곤 했다.

그 기억에 문득 생각난 게 있었다. 페이스북. 중학생 때도 페이스북이 있었다. 민혁은 삭제했던 어플을 다시 깔아봤다.

로그인하고 접속하자 종 모양에 +999라는 게 떴다. 신규 소식이라는 거다. 친구들, 혹은 아는 사람들, 지인들의 신규 소식. 쌓이고 쌓인 그 소식들을 민혁은 보지 않았다.

그리고 이어 메시지창이 나왔다. 메시지창도 +999였다. 민혁은 확인하다가 웃음 지었다. 그 이유는 하나였다. 바로 엊그제까지만 해도 메시지를 보낸 친구가 있었기 때문이었다.

'임지혜.'

총 게임을 하든, RPG를 하든 닉네임을 '지니'로 짓는, 마법의 요정 지니가 좋다 어쨌다를 외치던 친구다. 그녀는 게임을 참 잘했다. 그리고 그때의 그녀는 키 160㎝에 몸무게 100㎏ 정도로 지금의 민혁과 비슷했다.

'내 라면 뺏어 먹으면 죽는다아.'

그렇게 산만 한 크기의 주먹을 보이며 흔들던 모습이 그땐 정말 무서웠다. 그녀의 메시지를 클릭하려는 순간.

지이이이이잉-

휴대폰이 울렸다.

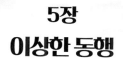

5장
이상한 동행

모르는 번호였다.

사실상 그의 전화는 잘 울리지 않았기에 민혁은 고개를 갸웃하며 전화를 받았다.

[사랑합니다. 호갱님, 휴대폰 무료로 교체해 드립…….]

뚝-

전화를 끊은 민혁이 입술을 씰룩였다. 이어 지혜의 메시지를 확인했다가 민혁은 흠칫했다.

'얘, 얘가 입이 이렇게 거칠었나……?'

클릭하자마자 욕이었다.

[임지혜: #%^&!@#%$! 돼지야, %#@%@%% 똥돼지 @$@#$ 멧돼지 #$#% 꿀돼지!]

난무하는 욕 속에서도 민혁을 향한 돼지라는 말은 속속 들어왔다.

그 당시에도 민혁은 식탐이 많았다. 그리고 그녀 역시도 식탐이 많았기에, 둘은 양대 돼지 산맥으로 유명했다. 물론 민혁은 운동을 열심히 해서 농담으로 불린 것이었지만.

내용을 보면 서운하다, 네가 어떻게 그럴 수 있냐, 나쁜 놈아, 보고 싶다, 등등이었다. 그리움의 메시지라는 것에 민혁은 웃음 지었다. 그리고 계속 메시지를 확인했다.

[임지혜: 지수는 어렸을 때도 노안이었잖아? 그래서 우리가 '지수 아버님 오셨어요?' 놀렸던 거 기억나냐 ㅋㅋㅋㅋ? 근데 지금은……]

지혜가 긴장감을 고조시키는 끊기 신공을 발휘하며 메시지를 보냈다. 어렸을 때 못생긴 애들이 커서 잘생겼다는데! 민혁은 기대감을 가지고 다음 메시지를 클릭했다.

[임지혜: 산적 두목됨 ㅋㅋㅋㅋㅋ 어렸을 때부터 턱수염이 까칠하더니, 원숭이 같음 ㅋㅋㅋㅋㅋㅋㅋㅋ 심지어 가장 좋아하는 음식도 바나나임, 바나나 던져주면 막 물개 박수 치면서 좋아함 ㅋㅋㅋ]

"풉!"

민혁은 오랜만에 진짜 웃음을 지었다. 추억이, 즐거움이 된다.

[임지혜: 그리고 석태는 크니까 역시 잘생김 ㅇㅇ 근데 감정이 하나도 안 생긴다. 여전히 핵 밥맛.]

석태라는 친구는 잘생긴 친구였다. 그 외모 여전히 열일하고 있나 보다.

[임지혜: 그리고 나는 이제 163㎝에 몸무게 49㎏의 아리따운 여자가 되었다는 말씀. 너 나 보면 설레서 '헥헥, 번호 좀 주떼요!' 할 수도 있다. 참고로 난 돼지한테는 번호 안 줌]

"오, 리얼?"

진짜인지 거짓말인진 모르겠지만, 글을 쭉 읽다 보니 최근의 소식들을 알 수 있었다.

[임지혜: 우리 셋이서 아테네 한다, 너 만약 아테네 하면 당장 귓말 해라, 내 닉네임 알지? 닉네임 코드는 41462다.]

"오……."

민혁의 입가에 웃음이 번졌다. 아테네를 한다? 이 녀석들은 게임을 잘했다. 꽤 실력자이지 않을까 하는 생각이 스쳤다.

'연락해 볼까?'

하다가 고개를 저었다. 살 빼는 목표 중에는 이것도 있었다.

'원래의 몸무게로 돌아간다면……'

친구들과 당당하게 만날 것이다. 미안했다고. 그리고 기다려줘서 고맙다고 할 것이었다. 어제도 몸무게를 측정했을 때 165kg까지 줄어들었었다. 자신은 변하고 있었다.

거울 앞으로 간 그는 자신을 둘러보다가 식단 관리사 혜진에게 말했다.

"오, 누나. 저 이제 뚱뚱에서 통통된 것 같지 않아요?"

"……으, 응. 그, 그런 것 같아. 호호호!"

"하하하하하!"

사실 혜진에겐 165나 170이나 도긴개긴이었다.

민혁은 기분 좋게 웃으며 아테네에서 하려 하는 일을 떠올렸다.

'절규의 언덕.'

그곳의 몬스터들을 사냥하는 퀘스트가 존재했다. 절규의 언덕은 민혁이 확인해 본 결과 같은 레벨 안에서도 꽤 강력한 유저들이 주로 플레이한다고 들었다. 그 이유는 레벨에 비해 몬스터들이 강하기 때문이다. 대신에 그만큼 경험치는 꽤 많이 준다고 알려져 있었다.

민혁이 이 절규의 언덕에 가장 끌리는 이유 중 하나는 이것이다. 절규의 언덕 퀘스트는 바라스 왕국군으로부터 받을 수 있는 퀘스트였는데, 보상에 오리고기도 포함되어 있었기 때문이다. 오리고기는 바라스 왕국에서 유명한 특산물 중 하나이기도 했다. 그리고 그 외의 보상으로 꽤 풍족한 골드와 경험치도 있었다.

민혁은 하루라도 빨리 친구들을 떳떳하게 만나기 위해 아테네에 다시 접속했다.

로반은 왕국군 주변에 있는 몇몇 유저들을 볼 수 있었다. 그들은 파티를 결성하여 절규의 언덕으로 가려는 이들처럼 보였다.

절규의 언덕의 몬스터들은 보통 레벨 100~130 사이의 녀석들이다. 하지만 실제 100레벨이면 약 110은 될 정도로 강하고 120이면 130 정도는 될 정도로 강하다. 레벨 10 차이는 생각보다 크다고 할 수 있었다.

로반은 이 절규의 언덕에서 '히든 퀘스트'를 하나 얻었다. 절규의 언덕에 있는, 남들이 모르는 길로 입장하게 되면 히든 퀘스트를 진행할 수 있게 된다.

'그곳엔 대마도사가 펼쳐놓은 죄악의 힘이 있지.'

그 죄악의 힘이 뭔지 아직까진 정확히 몰랐다. 하지만 로반은 자신 있었다. 그는 베르사르 때 검사 랭킹 1위의 유저였기 때문이다. 베르사르의 로반 하면 모두가 알아줄 정도였고, 미친 사냥마라는 이름으로 유명하기도 했었다.

아쉽게도 아테네는 그가 군대를 다녀왔기 때문에 남들보다 시작이 늦었지만 그는 확실히 달랐다. 다른 유저들보다 압도적으로 빠르게 레벨업을 했고 전설 클래스인 '버서커'도 얻었으니까. 버서커는 이스빈 마을에서 우연히 얻을 수 있었다.

바라스 왕국의 왕국군 케밀의 말을 들은 로반은 고개를 주억였다.

"함께 갈 동료 한 명이나 두 명, 세 명을 구해 오지 않는 이상 받아줄 수 없네."

"알겠습니다."

정보는 힘이다. 로반은 그 정보를 모두 섭렵하고 있었기에 얼추 알 수 있었다. 그는 혼자 있는 유저들을 추렸다. 되도록 자신의 사냥에 방해되지 않을 인물이 필요했다.

사냥에 방해되지 않는 인물. 쉽게 표현하면 어수룩한 유저이다. 어수룩한 유저가 필요한 이유는 하나였다.

'애초에 나서지 않는 게 도와주는 거야. 그렇게 되면 내가 경험치를 더 많이 먹지.'

힐러와 같은 버프 캐릭터의 약점 중 하나가 바로 이것이다. 그들은 파티 사냥으로 연명한다. 그리고 파티 사냥했을 시 경험치 배분율은 무조건 5:5가 되지 않는다. 보통 힐러는 3~4를 먹는데 그 이유는 그들의 직접적 사냥 기여도가 적기 때문이었다.

하지만, 힐러보다도 더 파티 사냥에 기여하지 않고 쓸데없는 인물이 있으면 좋겠다. 어차피 사냥은 로반이 할 것이었고, 그러한 유저가 있다면 그는 버스를 타는 격이니 누이 좋고 매부 좋은 것 아니겠는가. 물론 로반이 경험치를 더 획득할 수도 있고! 사냥을 하지 않으면 걸리적거리지도 않겠지. 그리고 어그로가 튈 일도 없을 터다.

그는 자신 있었다. 그렇게 주변을 물색하던 중이었다.

'……응?'

로반은 고개를 갸웃했다. 한 유저가 쪼그려 앉아서 뭔가를 하고 있었기 때문이다. 자세히 들여다보니 김치부침개를 하고 있었다.

'요리사인가?'

그런 생각을 하던 중이었다. 사내가 흐흐흐 하고 웃었다.

"부침개의 끝부분 같은 맛……!"

'호오, 그 맛은 최고지?'

로반도 알고 있다. 부침개의 화룡점정. 끝부분의 바삭바삭함! 절로 상상이 된 로반이 입맛을 다시었다. 그러던 중, 그 사내의 프라이팬 위로 작은 파이어 볼이 생겨났다.

'저, 저건……?'

분명했다. 로반이 알기로 저건 마법사들이 사용하는 파이어 마법이었다.

'뭐야, 저런 게 가능해?'

그리고 그 파이어 볼은 부침개를 감쌌다.

"오오오오, 잘 익는다. 잘 익어, 옳지, 옳지!"

그리고 사내는 딱 타이밍 좋게 뒤집었다.

촤아아아아아!

"캬하!"

"크하, 잘 뒤집었……."

"……?"

로반은 자신도 모르게 감탄사를 뱉었다가 흠흠 하는 소리를 냈다.

사내가 슬그머니 자신의 등 뒤로 부침개를 감춘다.

'안 뺏어 먹어!'

로반은 그렇게 말하고 싶었다. 곧이어 완성시킨 사내가 그 부침개를 입으로 가져갔다.

"오오오, 노릇노릇해!"

'와, 정말 노릇노릇하군!'

로반은 감탄했다. 정말 부침개 끝부분처럼 전체적으로 잘 익었다. 사내가 그 부침개를 젓가락으로 쭈욱 찢어서 입안으로 날름 먹는다.

"우아아아아앙, 맛있졍!"

230 4

바삭바삭 씹는 소리가 로반에게까지 들려왔다. 로반은 군침을 꿀꺽 삼켰다.

'와, 저 부침개…… 씹을 때마다 김치가 아삭아삭 씹힐 거 아냐? 또 바삭바삭한 밀가루는 어떤데?'

그 상상에 오늘은 집에 가서 부침개 각인가 하는 생각을 했다.

사내가 부침개를 먹는데 왕국군이 다가와서 말했다.

"그……."

"넵?"

사내가 고개를 갸웃한다.

"내가 동료로 같이 가줄 테니, 부침개 한 젓가락만 주게! 자네, 지금 동료 한 시간 동안 못 구하고 있잖나!"

그 말에 로반은 알았다.

'아, 저 유저 요리사여서 사람들이 파티에 안 데려가는구나!'

자신과 같이 쓸모없는 파티원을 원하는 유저는 없는 게 맞는 거니까.

곧 사내가 말했다.

"하지만 케밀 님은 이곳을 지켜야 하잖아요."

"아, 그렇군."

손바닥 위에 자신의 주먹 쥔 손을 '아하!' 하고 올리는 케밀! 그걸 보고 로반은 생각했다.

'바보냐……?'

하지만 곧 케밀이 말하자 로반도 어느 정도 납득했다.

"자네, 부침개를 그렇게 해서라도 먹게 해달라고 하고 싶었는데 아쉽군. 흠흠."

사실 로반도 사내의 부침개를 한번 먹어보고 싶었기 때문.

"그럼 제가 부침개 한 장 부쳐 드릴까요?"

"오오오오오, 정말 그래 주겠나!"

"넵, 대신에. 제가 오리고기를 정말 좋아하는데요. 소곤소곤……."

"아, 내가 자네라면 더 챙겨주겠네."

"오오오오, 감사합니다!"

'뭐지? 이 유저 멍청한 거야, 영리한 거야?'

그 모습을 보며 로반은 도통 이해할 수가 없었다.

사내는 부침개를 손수 해주겠다고 하면서 스리슬쩍 퀘스트 보상을 높였다. 보통 유저들의 경우 퀘스트 보상을 높일 때 골드를 요구하거나 혹은 공략법 같은 경우를 요구한다. 근데 오리고기를 더 얹어달라니?

이어서 한 장을 더 부친 사내는 케밀에게 부침개를 건넸다.

부침개를 쭉 찢어서 입에 넣은 케밀. 그는 곧이어 감탄하는 표정으로 민혁과 부침개를 번갈아 바라보았다.

"와……. 우와아……."

그리고 다시 번갈아 보며 말문을 잇지 못했다.

"맛이 정말…… 우와아……."

로반은 그 맛에 대해서 듣고 싶었는데 저러자 열불이 났다.

'아씨, 말을 하라고 말을!'

그러다 우뚝 멈췄다.

'내가 왜 부침개 한 장 때문에 이러지……?'

그리고 이어 케밀이 말했다.

"진짜 맛있군……."

그는 당장 눈물이라도 쏟을 것 같은 표정이었다.

"내 자네에겐 골드도 조금 더 챙겨주지."

"오오, 감사합니다!"

'컥……!'

그 모습을 본 로반은 경악했다.

'서, 설마……!'

이것이 모두 그의 치밀한 계획이었던 것인가? 오리고기를 유도하면 골드의 보상까지 올라갈 것을 예상했던 것인가? 치, 치밀하다! 영리하다. 그렇다는 것은 저 유저는 자신의 요리에 그만큼 자신이 있다는 말이 될 수도 있는 이야기였다.

곧 프라이팬을 마법으로 세척해서 물기를 훌훌 털어낸 그가 프라이팬을 등 뒤로 멨다. 그 모습이 익숙했다.

'저 프라이팬으로 몬스터를 때리면 탱! 하는 경쾌한 소리가 날 것 같군…….'

거기에 오토바이 헬멧도 쓰면 완벽할지도 모른다.

로반은 결심했다. 저 유저를 데려가자고.

저 유저는 요리사다. 특별한 마법을 부리지만 아마도 히든 클래스 정도일 터다. 프라이팬의 마법사 같은?

확실한 것은, 저 유저를 데리고 다니면 자신이 맛있는 음식을 함께 먹으며 나아갈 수 있다는 것이며 저 유저는 버스를 타서 레벨이 오를 것이다! 로반은 저 유저에게 가만히 앉아 경험치만 먹으라고 할 생각이었다. 그때 길드 채팅이 왔다.

[길드 마스터 지니: 로반 님, 레벨 잘 올리고 있어요? 저 기대 중요^^]

로반은 예전에 베르사르를 할 때 지니와 그의 친구 둘을 포함해서 넷이서 레이드를 뛴 적이 꽤 있었다. 그녀뿐만 아니라 친구들도 엄청난 실력자였다.

그때 현실 번호도 주고받았었기에 아테네를 시작하면서 그녀에게 연락을 했었다. 그녀는 자신이 레전드 길드 길드장이라고 말하였고 로반을 흔쾌히 받아주었다. 그리고 로반은 그 기대에 부응하며 광렙 중이었다.

[로반: 이제 사냥 가려고요. 딱 기다려 봐요. 제가 한 달 뒤에 막 300레벨 되어서 나타날 겁니다. 참, 그 철문 안에 있는 몬스터? 그건 성공했어요?]

[길드 마스터 지니: 실패함요 ㅠㅠㅠㅠㅠㅠㅠㅠ 이제 축복받은 귀환석도 몇 개 안 남았는데……]

축복받은 귀환석은 던전에서 강제 로그아웃할 시 받는 페널티를 무효화하고 마을로 돌아갈 수 있게 해주는 녀석이었다. 매우 값진 녀석.

[길드 마스터 지니: 광렙 하신다는 데 방해 안 할게요. 한 달 뒤에 300레벨 안 되면 강퇴할 뿐^^!]

'사, 살벌하다……'

저 웃음 뒤에 숨은 이모티콘은 정말 해내라는 말이었다. 그리고 로반은 그에 부응해야 했다. 베르사르 랭킹 1위였다는 것 하나만으로 레벨이 낮은 데도 최고의 길드에 가입할 수 있었던 것이니까.

[로반: 저 잠시 길드 채팅 꺼놓을게요. 광렙의 시간이라서요.]
[길드 마스터 지니: 넵!]

로반은 사냥에 돌입하면 길드 채팅과 귓속말을 거부해 놓는 버릇이 있었다. 그는 다 거부한 후에 아까 전 그 유저에게 다가갔다.

그 유저는 여전히 케밀과 이야기를 하고 있었다.

"특산물인 오리고기가 이곳엔 정말 많다네, 근데 그것도 정도껏 이어야지, 아침엔 오리불고기, 점심엔 오리훈제, 저녁엔 오리백숙일세, 세상에 이젠 방귀도 '오리 꿱꿱!' 한다니까?"

"부럽……."

"……?"

케밀이 사내의 말에 고개를 갸웃했다. 사내는 정말 부럽다는 표정으로 케밀을 바라보고 있었다.

"아무튼, 그래서인지 자네 김치부침개가 너무 맛있었어. 하하핫!"

"그럼 오리고기 지금 주면 안 돼요?"

"그건 안 돼. 하하하하! 임무 성공해 오게!"

"하하하하하, 슬쩍 얻을 수 있었는데, 실패했네요. 하하하하!"

두 사람이 그렇게 웃고 있을 때 로반이 사내에게 말했다.

"저기요."

민혁은 케밀과 이야기를 나누며 정말 아쉽다는 생각을 하고 있었다. 능청스레 오리고기를 얻을 수 있었건만!

그러던 중 한 사내가 말을 걸어왔다. 조금 전에 자신의 부침개를 뺏어 먹으려는 듯한 모습을 보인 유저였다.

민혁은 자연스레 경계하였다.

"왜요?"

"혹시 파티원 구하시나요?"

"네."

"저랑 같이 파티하시겠어요?"

민혁은 사내를 봤다. 나이는 자신보다 있어 보였다. 키는 180㎝ 정도에 꽤 좋아 보이는 아티팩트를 착용하고 있는, 나름 실력자 같았다. 하지만 걸리는 것은 바로 이것이었다.

'나한테 음식 한 입만 달랄 것 같은 인상이다!'

그런 인상이 뭔지는 모르겠지만, 민혁은 경계할 수밖에 없었다. 하지만 이대로 가면 계속 파티원을 구하지 못할 것 같았다.

지금도 주변 유저들 반응은 이랬다.

"야야, 저 유저 프라이팬 등에 멘 것 봐. 개 웃김."

"코스프레인가?"

"저 프라이팬으로 몬스터 머리 한 대 때려보고 싶다. 요리사인가 본데?"

"요리사여도 프라이팬 등에 메고 다니는 놈은 첨 본다. 딱 보니까 저 사람 데리고 가면 파티 터짐."

이렇게 사람들은 자신에게 거리감을 두고 있었다.

"왜들 저러지?"

그에 앞에 있는 정체 모를 사내가 말했다.

"정말 왜인지 몰라요……?"

"네, 프라이팬을 메는 게 이상한가요?"

"정상적인 건 아니죠."

그에 민혁은 정말 이해할 수 없다는 표정을 짓다가, 그를 이해시키자고 생각했다.

"생각해 봐요."

"네."

앞의 사내는 고개를 끄덕였다.

"프라이팬은 요리도 되죠?"

"그렇죠."

"공격도 가능하죠?"

"그, 그렇죠?"

사내는 프라이팬 공격이 세면 얼마나 세겠어라는 생각을 하면서도 끄덕였다. 일단 후려칠 수는 있을 테니까.

"근데 심지어 방어도 가능해요."

"……그, 그런가?"

"예. 이만한 아티팩트가 세상에 어딨어요! 요리도, 방어도, 공격도 되는데!"

"……음."

사내는 일단은 고개를 끄덕였다. 이어서 이 프라이팬 이야기는 서둘러 집어넣어야겠다는 생각에 자신을 소개했다.

"제 닉네임은 로반입니다. 말씀드린 것처럼 파티하시겠어요?"

민혁은 곰곰이 생각해 봤다. 뺏어 먹을 것 같은 사람이었지만 정말 이 사람을 제외하고서 자신과 함께 파티할 사람은 없어 보였다. 그에 고개를 끄덕였다.

"알겠습니다."

[로반멋져 파티에 가입하시겠습니까?]
[네/아니오.]

"네."

[로반멋져 파티에 가입하셨습니다.]

　민혁은 얼추 보기에도 알 수 있었다. 이 남자, 자뻑이 심한 남자가 분명했다. 파티 이름이 '로반멋져'가 뭐란 말인가.
　'이 사람 이상해⋯⋯.'
　그리고 로반도 똑같이 생각하고 있었다.
　'이상한 사람이군⋯⋯.'
　프라이팬으로 방어하면 얼마나 방어되겠는가. 끽해야 날아오는 돌멩이나 막으면 그만이겠지. 그렇게 이상한 사람들끼리의 동행(?)이 시작되었다.

　이민화 사원은 키보드를 여유롭게 두들겼다.
　입사한 지 시간이 꽤 흘러 초보 사원이라는 이름을 벗은 그녀는 이제 키보드만 타타타탁 눌러서 모니터를 켜고 여러 대의 모니터를 한 번에 보는 게 가능해졌다.

'후후, 유능한 나란 여자!'

그렇게 생각하면서 그녀는 특별 유저 중 한 명의 모니터를 띄우기로 했다. 바로 로반이었다.

로반은 베르사르에서 랭커였다. 또한, 레벨업 속도가 남들과 확연히 다르고 거기에 더해져 전설 클래스인 버서커까지 얻었다.

'생각해 보면 전설 클래스 버서커는……'

그녀는 곰곰이 떠올려 봤다. 버서커는 민혁 유저가 얻을 기회가 있었지만 얻지 않았다. 그 이유는 하나.

"양갱 먹으려고 안 얻었지?"

어떠한 유저는 양갱 하나 때문에 전설 클래스를 마다했다.

하지만 클래스의 힘은 막강했다. 로반은 전설 클래스를 이용해 빠른 속도로 렙업하고 있었고 버서커란 클래스에 자부심을 느끼고 있었으니까.

또 그 압도적인 실력을 인정받아 히든 퀘스트도 받았다. 저 히든 퀘스트는 강력한 무력을 인정받은 유저만이 얻을 수 있고 깰 수 있으리라.

'그 죄악의 시련이 생각보다 녹록지는 않은데……'

그러면서 모니터를 오픈한 이민화. 그녀가 '헙!' 하는 소리를 내뱉었다.

"왜 그래?"

커피 한 잔의 여유를 즐기던 박 팀장이 서둘러 그녀의 모니터로 다가왔다.

"로반과 민혁 유저가 함께 있다라……"

그 말은 히든 퀘스트를 향해서 두 사람이 함께 나아간다는 거다.

박 팀장은 분석을 끝냈다.

"로반은 혼자 사냥을 즐기는 유저지, 그래서 불필요해 보이는 유저를 파티원으로 한 명 둔 것 같아."

"파티를 무조건 해야지만 절규의 언덕에 갈 수 있으니까요?"

"그렇지, 척 보기에 민혁 유저, 약해 보이잖아."

"그렇죠."

이민화는 고개를 끄덕였다.

"그런데 반대로 강하잖아요."

"그렇지."

"그럼 히든 퀘스트는 누가 깨는 거예요?"

두 사람의 동행한다는 것은 자연스레 민혁도 히든 퀘스트를 하게 된다는 것. 로반의 계획대로라면 자신이 활약해서 퀘스트를 깨야 한다.

"사실 아직 로반 유저는 못 깰 것 같은데."

박 팀장이 중얼거렸다. 아직 그는 불가능하다.

그리고 이어 박 팀장은 눈을 크게 떴다.

"그러고 보니……."

"……?"

"죄악의 시련이 민혁 유저한테는 안 먹힐 수도 있겠는데……?"

"아, 정말 그럴 수도 있겠네요!"

이민화와 박 팀장이 고개를 끄덕였다.

그러면서 모니터를 바라봤다. 모니터 안에서 로반은 민혁과 함께 걸으며 자랑하고 있었다.

[님, 혹시 전설 클래스 아세요?]

[알죠.]

[제가 그거 얻었거든요. 버서커라고. 아, 진짜. 이번 아테네는 평범하게 하고 싶었건만. 근데 버서커가 얼마나 센지 알아요?]

"……양갱 때문에 버서커 안 얻은 애한테 버서커 자랑하고 있냐, 그거 알면 얼굴도 못 들겠다……."

박 팀장의 말에 이민화가 말했다.

"제 얼굴이 다 화끈거려요……."

민혁은 자신의 예상이 맞았음을 알았다. 이 유저, 참 자기 자랑이 심한 유저였다. 자기가 한때 베르사르에서 랭커였다느니,

전설 클래스 버서커를 얻었다느니.

그러다가 민혁은 떠올렸다.

'……양갱 먹으려고 안 했었는데, 쩝.'

하지만 후회는 없다. 양갱은 맛있었으니까.

민혁은 아까 전에 받은 퀘스트 정보를 열람해 봤다.

[퀘스트: 비명의 언덕에서 몬스터 200마리 사냥하기]

등급: C

제한: 90레벨 이상, 파티 사냥

보상: 경험치 20,000, 300,000골드

현재 사냥 숫자: 0/200

실패 시 페널티: 비명의 언덕 퀘스트를 더 이상 수행할 수 없음

설명: 비명의 언덕에 나타나는 몬스터는 아주 간혹 인근의 마을 헤스빈에 나타나 주민들에게 피해를 입히기도 한다. 놈들은 가끔 마법까지 사용하는 까다로운 놈들이다. 그놈들을 200마리 사냥해라!

'은근슬쩍 오리고기를 바로 받는 건 실패했지만, 오리 한 마리를 더 얻게 되었어!'

거기에 본래 골드의 보상은 25만 골드였다. 한데, 하루 세 끼 오리고기만 먹어 질렸다는 케밀에 의해 5만 골드를 추가로 받을 수 있게 되었다. 부침개로 오리고기를 교환하다! 작전이

성공한 것이다.

곧 다리를 막고 있는 경비병이 나타났다.

"여기서부턴 절규의 언덕이 시작되네."

그들은 민혁과 로반을 확인했다.

"고작 둘이 가도 괜찮은가? 생각보다 저기 있는 놈들은 강하고 까탈스러워."

"괜찮습니다."

로반이 흔쾌히 고개를 끄덕였다. 그리고 이어 민혁을 돌아봤다. 그도 끄덕였다.

"가시게."

곧 두 사람은 다리를 건넜다. 다리를 건너자 시끌벅적 자기 자랑하는 맛에 살던 로반이 조용해졌다.

'분위기가 변했다.'

민혁은 오호라 하는 표정으로 로반을 보았다. 조금 전까지 '전설 클래스 개 세요! 나 짱 셈요! 님은 저만 믿으세요.' 라고 자기 자랑을 하던 자뻑남이 한없이 진지한 표정으로 변했다.

"사냥터는 언제나 긴장감을 가져야 합니다. 언제 어디서 변수가 튀어나올지 모르는 곳이니까요."

"알겠습니다."

"들어가면 바로 제가 먼저 사냥을 해보겠습니다. 그리고 민혁 님도 한 마리 사냥해 보시죠. 만약 민혁 님이 혼자 사냥하는 게 힘들다고 판단되면, 제가 힘들어 보일 때만 보조해 주시는 게 좋을 것 같습니다."

그 말은 요리사로서 당신의 무능함이 입증되면 빠져 있으라는 거였다.

하지만 민혁에겐 기분 나쁜 말은 아니었다. 어쩌면 그는 남들에겐 흔한 요리사로 보이기 충분했고 로반의 존재 자체를 민혁은 환영하는 게 맞다. 말 그대로 버스를 타는 거니까.

실제 그 실력을 아직 확인해 보진 못했지만, 민혁은 어느 정도 예상했다.

'이 사람, 강해.'

민혁은 어렸을 때부터 숱한 운동을 해오면서 알았다. 강자들은 그 느낌이란 게 있었고 걸음걸이가 있었다. 로반은 척 보기에도 강자 중에서도 돋보이는 자다.

[절규의 언덕에 입장하셨습니다.]
[공략하지 않으셔도 원하실 시 밖으로 나가실 수 있습니다.]

절규의 언덕의 경우 던전과 다르게 필드에 속했다. 필드의 장점은 이처럼 보스 몬스터를 공략하지 않아도 왔다 갔다 할 수도 있다는 거였다. 물론 예외도 존재하지만.

'일단은 이 200마리 사냥을 해내야 히든 퀘스트를 하러 갈 수 있어.'

로반은 그렇게 생각하며 주변을 잘 살펴봤다. 많은 유저가 사냥 중이었다. 그러던 중.

"끼에에에에에!"

거친 비명이 민혁과 로반의 귀를 파고들었다.

로반은 침착하게 말했다.

"절규의 언덕에서는 이 소리가 언덕 전체를 울리기 때문에 절규의 언덕이라고 이름 붙였죠. 이 절규의 언덕이 오픈한 지는 이제 한 달인 거 알고 계시죠?"

"예, 알고 있습니다."

민혁도 철저하게 먹기 위해서 조사했다.

"아테네에서 발표하지 않았지만, 소문에 따르면 이 절규 소리가 에픽급 네임드 몬스터의 울음소리라고 유저들은 추정하고 있어요."

"오호, 그런가요?"

민혁은 그것까진 확인하지 못했다.

그럴 수밖에. 로반이 얻은 정보는 레전드 길드에서 나온 정보였다. 레전드 길드에는 전설 클래스 중 하나인 '정보꾼'이란 직업이 있었는데, 그 유저는 모르는 정보가 없었다.

이걸 로반이 쉬이 말해주는 이유는 그냥 '카더라식'이라고 보면 된다. 그렇지만 그는 정보를 확신하고 있었다. 그만큼 정보꾼의 정보는 거의 95% 정도로 확실했기 때문이었다.

"제가 지금 시기에 맞춰 온 이유는 이 필드가 오픈되고 한 달이 지났기 때문이죠. 한 달이 지났을 때 보스 몬스터가 나타날 확률이 매우 높으니까요."

정확한 분석, 판단.

네임드 몬스터, 그것도 에픽 몬스터를 사냥하면 에픽 아티 팩트가 떨어질 확률이 매우 높다. 사실상 몬스터 등급 중에서 도 에픽 몬스터는 발견하기 쉽지 않은 희귀 몬스터다.

그리고 민혁은.

'먹어보고 싶군······!'

이라는 생각을 했다. 그의 괴식의 식신은 네임드 몬스터만 먹을 수 있으니까.

"자, 저기 몬스터들이 보이네요. 유저들도 많고요."

유저들의 숫자가 꽤 된다. 그리고 몬스터들의 숫자도 조금 되어 보였다.

"긴장하지 마시고요."

"옙."

그리고 그 둘을 보고 주변에서 이야기 소리가 들린다.

"저 유저 아까 그 프라이팬 유저 아니냐?"

"뭐야? 지금 둘이 들어온 거야? 이 절규의 언덕의 몬스터가 일반 몹보다 강하다는 걸 모르나?"

그럴 수밖에 없었다. 로반은 붉은빛이 감도는 대검을 차고 있었으나, 그와 반대로 민혁은 허리춤에 검을 차고 있긴 해 도 등 뒤에 프라이팬을 메고 있는 전형적인 요리사였기 때문 이다. 즉, 무쓸모 유저 한 명이랑 좀 싸워볼 법한 유저 한 명.

고작 두 명뿐.

주위의 다른 유저들은 전부 4인팟을 맺고 사냥 중이었다.

"원래 하수들이 말이 많은 법이죠."

로반은 피식 웃고는 전방을 주시했다. 그 앞에 있는 몬스터
는 미니 트롤이었다.

미니 트롤은 키가 150㎝ 정도로 몽땅한 녀석이었다. 그에 걸
맞게 기존 트롤보다 들고 있는 도끼도 훨씬 더 작은 크기였고,
당연히 기존 트롤보다 약하다.

하지만 미니 트롤은 생각보다 난처한 몬스터다. 마법을 구
사하기 때문이었다.

"먼저 제가 보여 드리겠습니다."

로반은 그렇게 말하며 앞으로 나섰다.

"크워워어어!"

미니 트롤이 포효했다.

미니 트롤이 일반 트롤과 같은 게 한 가지 존재했는데, 그건
바로 놀라울 정도의 재생력이었다. 그로 인해서 일반 유저들
이 평균 레벨보다 강하다고 느끼는 거다.

타앗!

지면을 박차고 나아가는 로반이 스킬을 사용했다.

[광분]
[HP가 20% 하락하고 물리 공격력이 30% 상승합니다.]

수우우우웅!

"오······."

민혁은 미니 트롤과 싸우기 직전, 로반이 그 큼지막한 크기의 대검을 너무나 쉽게 휘두르는 걸 볼 수 있었다.

콰지이이익!

"크아아악!"

대검에 어깨를 가격당한 미니 트롤이 비명을 질렀다. 그러고는 왼손에 든 도끼로 로반의 목을 노렸다.

슬쩍 고개를 틀어 도끼를 피해낸 로반이 대검을 뽑아냈다.

푸지이익!

"크라아악!"

미니 트롤이 포효한다.

그 순간, 미니 트롤의 몸이 불길에 휩싸였다.

화르르르르륵-

[파이어 아머]

[거리에 따라 지속적인 대미지를 받습니다.]

아마도 저 능력이 미니 트롤이 가진 마법 능력인 듯싶었다.

수우우우웅!

콰지익!

하지만 가뿐히 한 걸음 물러난 로반은 너무나도 쉽게 미니 트롤의 목을 후려쳤다.

로반은 놈이 드랍한 것들을 챙겼다.

[파티: 613골드를 획득합니다.]
[파티: 로반 님이 미니 트롤의 발톱(1)을 획득합니다.]

"자, 이렇게 사냥하면 됩니다. 놈이 재생하기 전에 잡는 게 좋아요. 한 번 해보시고 안 된다 싶으면 빠지시면 됩니다. 그럼 그때부터 제가 다 사냥하겠습니다. 뭐, 버스라고 하죠. 후훗."

로반은 빙긋 웃었다. 그에 민혁이 말했다.

"만약 해볼 만하면 저도 같이 사냥할게요."

"아, 예. 그러시죠."

저 유저가 자신의 놀라운 실력을 보고 객기를 부리나? 당장 주변을 둘러봐도 4인팟이 두 마리의 미니 트롤에게 곤욕을 면치 못하고 있었다. 그런데 혼자서 미니 트롤을?

민혁은 사냥해야 할 필요성을 느끼고 있었다. 그 역시도 가만히 있는 것보다는 사냥에 동참하는 게 경험치를 더 잘 먹는다는 걸 알고 있었고, 식신의 유물 퀘스트를 진행하기 위해서 빠르게 레벨업 할 생각이었다. 겸사겸사 오리고기도 먹어주고.

파앗!

민혁이 지면을 박차고 나아갔다. 멀지 않은 곳에 있는 미니 트롤.

[파이어 아머]
[거리에 따라 지속적인 대미지를 받습니다.]

'아쉽군.'

로반은 언제라도 뛰쳐나갈 준비를 했다.

이미 입장했기에 파티원이 죽어도 상관없었지만, 그는 자기도취가 심할 뿐 의리나, 인정이 없는 사람은 아니었다. 따라서 언제든 위험에 처하면 도와줄 생각이었다.

'레벨을 보면 민혁 유저님은 아직 마법 방어력이 한창 낮을 때지, 때문에 스치기만 해도 엄청난 대미지를 입을 수밖에 없어.'

반대로 로반이 가진 '피를 머금은 발로의 대검'의 경우 마법 방어력이 자그마치 50이나 붙어 있었다. 거기에 틈틈이 얻은 마법 방어력 때문에 그는 총 84의 마법 방어력을 보유하고 있었다. 명성에 따른 것까지 합치면 그보다 더 높은 수준.

보통 마법 방어력 100 정도만 돼도 1클래스 마법으로는 대미지를 못 주고 2클래스 마법들의 대미지도 상당수 감소시킨다. 그 때문에 미니 트롤의 파이어 아머가 로반에게는 큰 대미지를 입히지 못했다.

그러다 이어 로반은 생각했다.

'빠르군……. 응……? 빠, 빠르네? 어……? 정말 빠르네? 헐……! 진짜 빠르잖아?'

그는 눈을 크게 떴다. 민혁이 등 뒤에 메고 있던 프라이팬을 꺼냈다.

"야, 저 유저 사냥한다!"

"오. 숟가락 살인마에 이은 프라이팬 살인마. 저 프라이팬 트롤 도끼에 부서지겠다."

유저들의 웃음소리가 들려왔다.

그 순간.

민혁은 일단 한 번 그냥 타격해 보기로 했다.

미니 트롤의 화염이 민혁을 엄습한다.

화아아악!

하지만 민혁은 어떠한 뜨거운 느낌도 받지 않았다. 민혁이 끼고 있는 마하바의 반지에는 마법 방어력 40이 붙어 있다.

거기에 얼마 전 먹은 스페셜 전 요리 세트의 환상의 깻잎에 마법 방어력 영구 상승 30이 붙어 있었다. 그리고 헤파스의 전설의 프라이팬 자체에 100이 붙어 있고 명성 400대이기에 마법 방어력 20 정도의 힘을 낸다. 즉 총 190의 마법 방어력에서 추가로 마법 방어력 효과 두 배 효과를 받기 때문에 그의 마법 방어력은 총 380 정도라고 볼 수 있었다.

민혁은 온 힘을 담아서 미니 트롤의 머리를 내려치기 위해, 프라이팬을 힘껏 들어 올렸다.

"오, 과연⋯⋯!"

유저들이 이목을 떼지 못했다. 그리고 미니 트롤의 머리를 가격한 순간.

탱!

[치명타가 터졌습니다.]

퍼지이익!

경쾌한 소리와 함께 미니 트롤이 그대로 땅에 처박혔다.

"헉?"

"컥!"

"⋯⋯헐?"

주변 유저들이 경악한 목소리가 들렸다.

그에 가장 놀란 건 바로 로반이었다.

'뭐, 뭐야!'

엎어져서 몸을 일으키려는 미니 트롤의 머리가 거의 반절 가까이 움푹 파여 있었다.

"크아아아!"

분노한 미니 트롤의 머리가 재생된다. 그 순간 놈의 몸에서 숫구쳐 오르는 마법.

"⋯⋯저 미니 트롤 조금 더 강한 녀석이군."

일반적인 몬스터 중에서도 더 강한 축의 놈들이 껴 있다.

힘을 11만큼 가진 녀석이 있으면 12를 가진 녀석이 있을 수도 있다는 거다. 저 미니 트롤은 그중 강한 축인 것으로 보였다.

[트리플 매직 미사일]
[작은 구가 미니 트롤의 공격력만큼 대미지를 입힙니다.]

분명히 1클래스의 허접스러운 마법이지만 몬스터 한 마리가 이런 마법을 쓴다는 건 성가시다. 더군다나, 캐스팅 시간 없이 저렇게 세 개의 구를 뽑아낸다면.

수우우우웅! 수우우웅! 수우우웅!

자신을 향해 야구공처럼 빠른 속도로 날아오는 매직 미사일을 보며 민혁은 프라이팬을 꽉 쥐었다.

[프라이팬 거대화]
[마력량에 따라 프라이팬 크기를 조절할 수 있습니다.]

마력을 불어넣는 순간 사람 몸 하나를 감출 수 있을 정도의 크기로 변한 프라이팬! 민혁은 그 프라이팬으로 날아오는 세 개의 구를 단 한 번에 쳐냈다.

탱! 탱! 탱!

[마법 반사]

[마법 공격을 적에게 돌려줍니다.]

수우우웅!

퍼지익!

"크랏!"

튕겨 나간 매직 미사일이 그대로 쓰러진 미니 트롤을 공격했다. 하지만 아직 놈의 숨은 붙어 있었다.

앞으로 다가간 민혁이 프라이팬으로 가볍게 내리쳤다.

탱!

[레벨업 하셨습니다.]

[파티: 713골드를 획득합니다.]

[파티: 민혁 님이 미니 트롤의 발톱(1)을 획득합니다.]

"쉽네요."

"미, 민혁 님 요리사 아니신가요?"

"맞는데요?"

"……"

로반은 말문을 잇지 못했다. 살다 살다 이렇게 강한 요리사는 처음 본다.

'전투형 요리사인가? 아니, 그것보다 저 프라이팬은 도대체 뭐야!'

보통 프라이팬의 내구도는 약 200/200 정도. 거기에 공격력은 약 20 정도가 붙어 있는 거로 안다. 그렇기에 저 프라이팬은 트롤 몇 대만 가격해도 찌그러졌어야 한다.

한데, 아니었다. 심지어 더 놀라운 것은 프라이팬이 마법을 튕겨냈다는 거였으며 미니 트롤을 가격했을 때 엄청난 대미지를 입혔다는 거다. 그것은 프라이팬의 공격력도 높다는 것이고 또 민혁 유저의 스텟도 높다는 거다.

"아, 아니, 무슨 프라이팬 공격력이 그렇게 강하죠?"

더군다나, 로반의 경우 미니 트롤을 사냥할 때 스킬을 사용해서 잡았다. 반대로 민혁은 스킬도 사용하지 않았다는 거다.

민혁이 말했다.

"저도 이제 사냥에 동참해도 되죠?"

로반은 더 이상 그에게 '위험하니, 뒤로 가 있어요'라고 할 수 없었다.

"아아, 예……."

"참, 근데 마법 오리는 어디 있지?"

사실상 민혁이 이곳 절규의 언덕에 온 가장 큰 이유! 그것은 마법 오리를 먹기 위해서였다.

200마리를 사냥했을 때 케밀이 주는 오리고기도 있었지만, 민혁은 마법 오리도 먹어보고 싶었다. 놈들의 외형은 일반 오리와 똑같다고 들었다. 하지만 마법을 사용하는 놈들이라고. 그 때문에 이곳 절규의 언덕이 마법 방어력이 매우 중요한 것.

사실 괴식의 식신으로는 '네임드 몬스터'만 먹는 게 맞다. 하지만 민혁은 튜토리얼에서 닭도 잡아먹지 않았던가. 마법 오리가 일반 오리와 생긴 게 똑같다면…….

'오리훈제! 오리백숙! 오리불고기를 먹을 수 있단 말씀!'

민혁은 흐흐하고 웃었다.

"어, 음……. 여기 안쪽으로 조금만 더 들어가면 됩니다. 근데, 이 절규의 언덕 필드가 조금 독특해서 여기에서 100마리는 잡아야 입장 가능합니다."

"그래요? 그럼 저희 빨리 사냥하도록 하죠."

"빨리요? 그러고 싶어도 몬스터가 분산되어 있어서……."

"그럼 제가 저 몬스터들 다 모을게요."

"예?"

"꽤 많이 몰려도 잡을 수 있죠?"

"아, 뭐……."

사실 혼자서 다섯 마리의 미니 트롤이 모여도 충분히 케어가 가능한 로반이었다. 그는 그 정도의 실력자다. 한데, 그는 요리사인 민혁이 몹을 모은다는 것을 잠깐 이해하지 못했다.

그 순간.

"삐이이이이이이!"

민혁의 입에서 새소리와 비슷한 청아한 소리가 났다. 그 소리는 천지를 흔들었으나, 맑고 청아해 듣기 불편하지 않았다.

[그리폰의 비명]

[반경 20m 내 몬스터들의 시선을 70~80% 확률로 집중시킵니다.]

[반경 10m 내에 있는 길드원, 파티원이 13~18%의 5대 스텟 상승 효과를 얻습니다.]

로반은 자신에게 들리는 알림을 들을 수 있었다.

[5대 스텟 13% 상승 효과를 받습니다.]

그는 어안이 벙벙한 표정으로 민혁을 바라봤다.

'아니, 도대체 정체가 뭔데! 무슨 요리사가 이런 버프 능력을 써!'

이는 탱커들이 흔히 가지고 있는 어그로 능력이기도 하였다. 그는 서둘러 대검을 꽉 쥐었다.

'보통 이 레벨대 탱커들이 2마리 정도 어그로 끌려나?'

그런 생각을 하며 고개를 틀었을 때 로반은 볼 수 있었다.

"……뭐야!"

인근에 있던 열 마리가 넘는 미니 트롤들이 뛰어오고 있었다.

'무슨 X팔 어그로 능력이……!'

민혁은 프라이팬을 양손으로 꽉 쥔 채 달려 나가고 있었다.

"아, 님! 빨리빨리 와요! 몬스터 몰리잖아요!"

"네⋯⋯."

로반은 그를 따라 달리며 생각했다.

사실 그는 민혁에게 잡일이나 시키려고 했었다. 한데, 왠지 자신이 그렇게 될 것 같다는 불길한 예감이 물씬 풍겨왔다.

민혁은 달리면서도 날카롭게 주변의 상황을 파악했다. 몰려 오는 미니 트롤의 숫자는 열한 마리다. 민혁은 미니 트롤의 마 법 공격이 자신에게 먹히지 않는 걸 보며 생각했다.

'미니 트롤의 실제 무력은 트롤과 비교도 할 수 없을 정도로 약한 편이다.'

트롤의 본래 레벨은 250 정도였다. 그에 비해서 미니 트롤의 신체 능력은 사실상 100레벨 정도가 될까 말까로 보였다.

놈들이 까탈스러운 이유는 하나, 바로 마법을 사용하기 때 문이다. 하지만 민혁은 조금 전의 싸움으로 놈들의 마법이 자 신에게 무용지물이라는 걸 알았다.

[엘레의 검술]
[5분 동안 모든 스텟이 15% 상승합니다.]
[회피율이 30% 상승합니다.]
[치명타율이 30% 상승합니다.]

엘레의 모든 스텟 15% 상승은 헤파스의 전설의 프라이팬과 같이 보유한 모든 스텟을 올려주는 능력이다.

'엘레의 검술 숙련도도 잘 오르고 있지. 곧 레벨업이다.'

그뿐이 아니다. 아까 전 미니 트롤을 사냥했을 때 로반과 나눴다고 볼 수 없을 정도로 상당히 많은 경험치를 획득할 수 있었다. 덕분에 레벨업을 해서 이제 민혁의 레벨도 97이 되었다.

곧이어 민혁은 자신을 향해 '크워어어어!' 거리며 달려오는 미니 트롤의 머리를 번쩍 뛰어올라 프라이팬으로 내리쳤다.

탱!

[치명타가 터졌습니다.]

그 상태에서 머리가 찌그러진 놈을 지나쳐서 난무하는 검을 발동시켰다.

[난무하는 검]
[5초 동안 무차별적인 검의 난무에 30% 추가 대미지가 붙습니다.]

탱탱탱탱탱탱!

프라이팬이 주변에 잔상을 남기며 미니 트롤들을 하나하나 후려친다.

프라이팬에 붙어 있는 공격력은 400이 넘는다. 실제 엘레의 검보다 높은 공격력! 그리고 미니 트롤들에게 적중할 때마다 들리는 소리!

"찰지구나!"

민혁이 절로 감탄했다.

그때 미니 트롤 한 마리가 쏘아낸 아이스 볼이 민혁을 향해 날아왔다. 아이스 볼은 직격당한 부위가 단숨에 얼어붙을 수 있다. 곧바로 난무를 멈추고 프라이팬으로 힘껏 후려쳤다.

[마법 반사]
[마법 공격을 적에게 돌려줍니다.]

파지익!

쩌저저저저적!

자신이 사용한 마법을 맞은 미니 트롤의 어깨가 빠른 속도로 얼어버렸다. 민혁은 자신에게 날아오는 갖가지 마법들을 계속 프라이팬을 휘둘러 튕겨냈다.

탱! 탱! 탱!

[마법 반사]

어느덧 뒤에서 달려오던 로반도 합류했다.

퍼지잇!

두꺼운 대검이 미니 트롤들을 벤다는 느낌이 아니라, 짓이긴다는 느낌으로 가격한다.

퍼짓!

후우웅!

탱탱!

열한 마리의 미니 트롤과 싸워도 밀리지 않는 두 사람!

[광전사의 혈투]

[적에게 타격 당할 시 일정 확률로 대미지를 돌려줍니다.]

그리고 민혁만이 강자가 아니라는 걸 보여주듯 뛰어든 로반의 몸이 붉게 물들었다.

콰짓!

미니 트롤 한 마리가 그의 갑옷을 도끼로 두들겼다가 손이 꺾이고 말았다.

우둑!

"크라앗!"

대미지를 돌려주는 광전사의 혈투!

[대검술 연격]

[네 번 빠른 속도로 대검을 휘두릅니다.]

그 묵직해 보이는 커다란 대검을 한 손으로 가뿐하게 든 로반이 빠르게 주변에서 몰려오던 미니 트롤들을 쳐냈다.

푸지익!

푸지이익!

푸직!

푸지이익!

그리고 민혁이 움직였다. 그는 재생되기 직전에 HP가 깎인 트롤들의 머리를 경쾌하게 후려쳤다.

탱!

"원 샷!"

탱!

"투 샷!"

탱!

"쓰리 샷!"

탱!

"포오오오!"

단숨에 미니 트롤 열한 마리를 해치운 두 사람은 주변을 둘러봤다. 로반은 민혁에게 감탄하는 한편 기세등등하게 웃었다.

'그래, 강한 건 인정한다.'

요리사인데, 이 정도 능력이라? 하지만 버서커의 진가는 이제부터다. 미니 트롤과 싸우면서 아예 공격을 받지 않을 수는 없었다. 그것은 로반도 마찬가지. 그러나 로반은 이런 싸움에서 남들과 확연히 다른 버서커의 장기를 가졌다.

미니 트롤들의 몸에서 붉은 구슬이 흘러나오더니, 로반의 몸으로 스며들어 갔다.

푸쉬이이익!

그와 함께 그의 몸의 자잘한 상처들이 피어오르는 연기와 함께 빠른 속도로 회복되기 시작했다.

[HP가 2% 회복됩니다.]
[HP 흡수에 실패합니다.]
[HP가 6% 회복됩니다.]
[HP······.]

자그마치 한 번에 22%의 HP를 회복했다.

버서커는 미친 전사 같은 모습이지만, 지치지 않는 전사이기도 하였다. 그것이 바로 버서커의 장점. 그는 자체적인 회복을 20분에 한 번씩 발동시킬 수 있었다. 거기에 10억 골드를 주고 구매한 치료 스킬북도 있었다.

[HP가 14% 회복됩니다.]

그의 몸으로 밝은 빛이 스며들었다.

"야, 저거 치료 스킬북 아냐?"

"에이, 보나 마나 한 4% 치료해 주는 거겠지."

다른 유저들의 말에 로반은 피식 웃었다. 자그마치 10억 골드짜리다. 아이템 거래 사이트에서 현금으로는 약 5천만 원 정도에 거래된다.

"와, 그게 말로만 듣던 치료 스킬북인가 봐요?"

아이템 습득을 완료한 민혁이 다가왔다.

"예, 지금 바로 HP를 36% 회복했습니다. 후후, 이게 바로 버서커의 장점이죠. 오랜 시간 사냥을 지속할 수 있다는 겁니다. 힐러가 없어도요."

"오호, 그래요?"

그에 민혁은 씨이익 웃었다. 그 웃음에서 로반은 불길한 느낌을 받았다.

'뭐지? 왜 웃지?'

그리고 민혁이 말했다.

"아, 배고파."

그렇게 말하면서 인벤토리에서 뭔가를 꺼냈다. 호빵이었다.

"어? 왜 호빵에서 김이 모락모락 나지?"

민혁의 식품 보관 인벤토리를 모르는 로반은 의아할 수밖에 없었다. 본래 인벤토리에 들어가 있는 음식들은 시간이 지나면 실온에 둔 것처럼 식어버리니까.

민혁은 그 호빵을 베어 물었다. 그러자 김이 모락모락 올라온다. 그리고 베어 문 호빵이 입안에서 부드럽게 씹히며 달콤한 팥 맛이 가득 퍼진다. 그 뜨거운 맛에 입을 벌려 '허어-' 하고 입을 벌려 김을 불어내며 야무지게 먹었다.

"저, 저도 하나만……."

"안 됩니다!"

"……쳇."

로반이 다소 토라진 표정을 지었다. 그러다가 볼 수 있었다.

치이이이이익-

민혁의 몸 곳곳에 있던 자잘한 상처들이 빠른 속도로 회복되기 시작했다.

"……어?"

얼핏 보기에도 회복률이 장난이 아니었다. 주위의 다른 유저들은 그 차이를 잘 보지 못했지만 로반은 달랐다. 로반은 겉으로 보이는 회복의 속도만 봐도 얼마 정도가 회복되는지 눈치챌 수 있었다.

"……이런 말도 안 되는."

그는 순간 할 말이 없어졌다. 오랜 시간 사냥을 지속하는 게 버서커의 장점이라며 기세등등했던 과거를 지우고 싶어졌다.

'도대체 어떻게? 혹시 저 호빵이 특별한 건가? 연금술사가 만든 호빵이라도 되는 거야?'

호빵을 다 먹어 HP를 회복시킨 민혁이 빙긋 웃으며 말했다.

"오랜 시간 사냥을 지속할 수 있다고 하셨죠?"

"그렇죠."

"저 역시도 마찬가지고요?"

"네. 그 정체 모를 호빵을 계속 드실 수 있다면야……."

순간 로반은 이 사람이 왜 그런 걸 묻나 싶었다.

그러다 아차! 했다. 그가 조금 전 지었던 웃음.

"아, 아니 잠깐만요. 무슨 한 타임 끝내고 곧바로……."

"삐이이이이이이이!"

"악!"

민혁은 알았다. 자신의 파티원은 강하고 오랫동안 사냥 지속이 가능하다. 자신도 마찬가지다. 150레벨까지 서둘러 올릴 수 있는 기회! 그 기회를 이용해야겠다.

몬스터들이 몰려오기 시작했다. 아까보다 더 많은 숫자였다. 거기서 끝이 아니었다. 조금 거리가 떨어진 곳. 그곳에 민혁이 프라이팬을 쭉 뻗었다.

'이, 이 미친놈이…… 또 뭘 하려고……!'

그 순간 프라이팬에서 불이 뻗어 나갔다.

[파이어]
[불에 닿는 순간 지속적인 대미지를 입힙니다.]

'아, 도대체 마법사야, 요리사야, 전사야, 이 @$#^@%@@%!'

로반은 혼란스러웠다.

그가 인근에 있는 몹들을 다 치고 어그로 능력까지 사용해 스무 마리가 넘는 놈들이 뛰어왔다. 자신이 그를 광렙에 이용

하겠다고 생각했건만, 역으로 이용당하고 있다는 걸 깨달은
로반이었다.

'이 짓도 두 시간 정도면 지쳐서 못 하겠지.'

그는 그렇게 헛된 꿈을 품고 있었다.

네 시간 후.

"제, 제발…… 사냥 좀 그만해 주면 안 될까요? 네 시간 동
안 안 쉬고 사냥만 하는 놈이 세상에 어딨습니까!"

로반은 절실한 표정으로 애원했다. 그는 찜질방 안에 열 시
간 동안 있어 기가 빨린 것처럼 피폐해져 있었다.

"아까 입구에서 버서커는 절대 지치지 않는 에너자이저 같
은 존재라면서요? 또 회복 능력도 있으신데 왜 그러죠?"

로반도 베르사르에서 사냥 하나는 끈기 있게 하기로 유명했
다. 남들보다 독보적으로 빠른 속도로 던전을 클리어하는 것
은 남들이 쉴 때 계속 나아갔기 때문이다. 한데, 그런 그조차
도 이 미친놈은 도통 따라갈 수가 없었다.

'이게 강함의 이유인가? 이렇게 이것저것 다 하면서도……
쉬지 않고 계속하는 거지.'

심지어 그는 로반보다 레벨도 낮다. 그 때문에 로반이 물
었다.

"당신은 왜 그렇게까지 쉬지 않고 나아가는 겁니까, 정말 그렇게 강해지고 싶어요?"

민혁은 퉁명스레 말했다.

"오리 먹으려고요."

"……예?"

"오리 먹고 싶어서 그런 건데요?"

"아, 아니 오리 많이 잡았잖아요!"

"아, 님!"

민혁은 그를 바라보며 말했다.

"마법 오리 고작 40마리밖에 안 잡았잖아요. 40마리면 누구 코에 붙여요. 먹다가 다시 해 먹으면 흐름 끊기는 거 알아요, 몰라요."

"40마리를 잡아서 먹다가 흐름이 끊긴다고요……?"

그게 말이 되나? 라는 생각이 로반을 엄습했다. 그는 골똘히 생각하다가 끄덕였다.

'아, 될지도……?'

아까 전 민혁은 앉은 자리에서 갑자기 게또레이 음료수를 꺼내더니 그 자리에서 6L를 마시고 '아, 이제야 목 좀 축였다'라고 말했다.

"휴, 정 그러시다면 요리하는 동안 잠깐 쉬세요."

"와, 드디어……!"

로반은 감탄했다. 상체까지 민혁에게 숙여 보이며 고마움의 뜻을 비쳤다.

"감사합니다, 감사합니다. 살려주셔서 감사합니다."

드디어 쉴 수 있다!

세상에 4시간 동안 사냥만 했다. 물론 광렙을 하긴 했다. 4시간 동안 레벨이 자그마치 10이나 올랐으니까. 하지만 정말이지 이 미친 짓은 다시 경험하고 싶지 않았다.

시간이 문제가 아니다. 몬스터의 숫자가 문제다. 몬스터가 수십 마리씩 몰려든다. 당장 등 뒤에서 계속 공격을 가하고 있어 등골이 서늘하다. 그런데 그게 네 시간 동안 지속되었다.

그는 똑똑히 알았다. 이 사람이 얼마나 강한지.

그리고 민혁은 게을러터진(?) 로반을 쉬게 할 겸 겸사겸사 요리 준비를 시작했다.

"뭐 만들 건데요?"

로반이 기대감 어린 표정으로 말했다. 민혁은 정말 희한한 사람이지만 딱 하나 인정할 수 있는것. 그가 해준 요리는 정말 맛있다는 거다.

아까 전 지쳐서 헐떡이고 있을 때, 민혁이 '인심 썼어요!' 하면서 자기가 먹던 핫도그의 빵 부분만 떼어주었다.

'아니, 이 사람은 줄려면 소시지 부분도 같이 주지!'라는 생각이 들었지만, 배가 고파 말없이 순식간에 먹어치웠는데, 정말 맛있었다. 그걸 직접 만들었다는 이야기에 로반은 기대감 어린 표정을 지었다.

민혁은 의미심장하게 웃으며 무슨 요리를 할지 말했다.

"오리불고기요."

"크!"

로반이 감탄사를 흘렸다.

붉은빛을 띠는 오리불고기는 언제 먹어도 평타는 친다. 오리주물럭이라고 부르기도 하는 매콤달콤한 오리불고기를 지글지글 익힌 후에 입으로 가져가면?

'끝장나지!'

침을 뚝뚝 떨어뜨리는 로반! 그에 민혁이 말했다.

"님, 심심하면 저기 가서 상추나 좀 따 와요. 아까 보니까, 저기 상추 있던데."

"……네."

로반은 어깨가 축 처져 움직였다. 자신이 민혁의 수하가 된 기분이다. 그는 걸음을 옮겨 상추를 따려고 했다. 5분 정도 실랑이를 벌였지만 따지지 않았다.

로반이 다시 돌아와서 말했다.

"저……. 상추가 안 따지는데……."

"와, 님! 상추도 못 따요? 다 큰 어른이!"

"……."

로반은 이 사람 앞에서 자신이 한없이 작아진다는 걸 알았다.

'나 베르사르 랭킹 1위였는데……. 전설 클래스 버서커인데……. 상추 못 땄다고 욕먹었다…… 크흑.'

민혁은 서둘러 상추로 걸어갔다.

'아니, 캐기 스킬도 없는데 저걸 어떻게 따…… 네?'

하지만 민혁은 상추를 가뿐히 따내고는 돌아왔다.

"이거 좀 씻고 먹을 세팅이나 해요!"

"……네."

어느새 로반은 얌전한(?) 주방 보조가 되어 있었다.

민혁은 본격적인 요리를 시작했다. 재료는 오리고기, 양파, 당근, 감자, 청양고추, 깻잎, 다진 마늘, 고추장, 고춧가루, 매실액, 간장, 후추다.

오리 한 마리 기준으로, 먼저 후추를 조금 뿌린 오리고기를 프라이팬에 볶기 시작한다. 그 상태에서 먹기 좋게 썬 감자와 당근을 함께 볶아주는 게 좋다. 감자와 당근 익는 시간이 조금 걸리기 때문이다. 조금 볶다가 고추장 한 숟가락, 고춧가루 다섯 숟가락, 매실액 두 숟가락, 간장 조금, 그리고 다진 마늘을 넣어준다.

촤아아아아아-

볶아지는 고기에 양념장이 추가되자 향긋한 냄새가 풍겨온다. 그렇게 골고루 붉은빛이 날 수 있게 볶아주다가 거의 다 익었을 때쯤에 양파와 청양고추를 넣어준다. 양파는 채소이면서도 빠르게 익는 편이다. 그 때문에 마지막에 넣어줘야 무른 맛이 나지 않고 아삭아삭한 식감을 느낄 수 있다.

그리고 마지막. 바로 깻잎이다.

4

전에도 언급했지만, 민혁은 깻잎이 들어간 요리를 정말 좋아했다. 깻잎 몇 장에 따라, 음식의 향과 맛이 바뀌는 마술을 볼 수 있기 때문이다.

미리 잘 잘라놓은 깻잎을 냄비 위에 듬뿍 올렸다.

지글지글 지글-

그 상태에서 잘 뒤적거려 주며 볶아준다.

이는 언급했듯 한 마리 기준이다. 민혁은 프라이팬 거대화를 이용해 40마리를 통째로 넣고 볶았다. 이 정도라면 사실상 익히는 게 매우 힘들다. 40마리라면 실제로는 100인분 가까이가 나오기 때문.

하지만 민혁의 프라이팬에 붙어 있는 마법 기능은 그러한 대량의 요리조차도 핏기 하나 없이 속까지 잘 익게 만들어준다. 심지어는 가장 맛있게 졸아졌을 때 스스로 멈춘다.

"캬!"

"크!"

두 사람이 함께 감탄했다.

로반은 민혁의 지시대로 미리 앞쪽에 먹을 준비를 끝내놨다. 세팅은 삼겹살을 먹을 때와 비슷하다. 썬 마늘, 쌈장, 파절임, 부추무침, 상추와 깻잎, 그리고 쌈무다.

"자, 먹어볼까요?"

끄덕끄덕 끄덕!

민혁의 말에 로반의 고개가 맹렬히 끄덕여진다.

먼저 민혁이 야들야들하게 잘 익은 오리불고기를 젓가락으로 큼지막하게 집었다. 그 상태에서 '후! 후!' 하고 불었다.

먼저는 그냥 먹어본다. 입으로 가져다 한입에 와구! 넣었다. 그러자 입안에서 매콤달콤한 양념 맛이 느껴진다. 혀끝에 느껴지는 그 맛, 두 번째로 다가오는 부드러운 식감. 씹을 때마다 배어 나오는 몸에 좋다는 오리 기름!

"크하핫!"

"으하하하!"

두 사람이 웃어젖혔다.

"자, 이제 오리고기를 이렇게 쌈무 위에 가득 올려야죠."

민혁이 자신의 접시 위로 쌈무를 펼쳤다. 초록빛을 띠는 쌈무 위로 오리불고기를 한가득 올린다. 그 상태에서 쌈무를 젓가락으로 말아서 입으로 가져간다.

아삭아삭.

쌈무의 아삭거리는 식감과 단맛, 그리고 매콤한 오리불고기가 어우러져 입안에 요리의 향연을 펼친다.

그 상태에서 민혁은 컵을 두 개 꺼냈다. 그리고 식품 보관 인벤토리에 미리 얼려놓았던 얼음도 대령했다.

촤르르르-

얼음이 두 개의 유리컵에 들어가며 청아한 소리를 냈다. 그 상태에서 캔 사이다를 깠다.

푸쉭!

쫄쫄쫄 쫄쫄-

"우와우와!"

로반이 감탄사를 흘렸다. 다소 느끼할 수 있는 맛을 잡아주는 최고봉. 얼음 사이다가 등장한 것이다.

"식당에서 콜라나 사이다 시켰을 때 미지근한 것만큼 찝찝한 것도 없죠!"

"크흐, 전 식당에서 음료 시키면 얼음 주는 곳이 그렇게 좋더라고요!"

"건배!"

"건배!"

챙!

얼음 가득 든 사이다로 건배를 한 두 사람.

민혁이 벌컥벌컥 들이켰다.

사이다는 콜라와 양대 산맥으로 불린다. 그리고 사이다의 경우 콜라와 다르게 깔끔하고 시원한 맛이 있는 녀석이다.

"크흐, 목 따가워!"

목이 따가울 정도로 벌컥벌컥 들이켠 후엔 다시 오리고기를 먹어준다. 깻잎 위로 오리불고기를 가득 얹고 부추무침, 그리고 마늘을 쌈장에 쿡 찍어서 얹어준다. 그 상태에서 입에 가져다가 다시 한번 우물우물!

"으음, 맛있졍!"

"정말 맛있네요!"

로반은 이 사람과 파티를 하면서 힘든 부분도 많았지만 이런 부분은 정말 좋다고 생각했다. 사실상 가상현실게임에서 이런 기분은 처음 느껴보는 것이었다.

'음식은 단순히 포만도를 올려주는 거라고만 생각했는데.'

그 때문에 그는 사냥할 때 항상 마른 육포, 딱딱한 빵, 견과류만 들고 다녔다. 정말 배만 채우는 용도.

'이것도 나쁘지 않네.'

마치 새로운 재미 하나를 깨우친 것 같았다.

그렇게 먹다가 배가 부른 로반은 젓가락을 멈췄다. 그러곤 멍하니 민혁을 바라봤다.

'와……'

그리고 두 번째.

'헐……'

세 번째.

'미친……'

네 번째.

'멧돼지야?'

그렇게 감탄하던 중.

민혁이 오리불고기를 가위로 싹둑싹둑 조각냈다. 그 상태에서 밥을 투하하더니, 그 위로 상추와 깻잎을 가위로 작게 조각내서 밥 위로 뿌리고 거기에 크게 참기름을 둘렀다. 그다음 오리불고기 양념과 밥, 잘 썬 깻잎과 상추를 볶기 시작했다. 오리불고기의 또 다른 묘미. 볶음밥이다.

쏴아아아아아아!

밥을 펼치자, 파이어가 바닥 부분을 누룽지처럼 잘 익게 해 주다가 적당한 때 저절로 사라졌다. 민혁은 그 위로 바삭해 보이는 김을 가득 뿌렸다. 김이 뜨거운 열기와 만나 춤을 춘다.

로반은 배가 터질 듯 불렀지만, 숟가락을 들었다.

"다 먹은 것 아니었어요?"

민혁은 찌릿하고 로반을 바라봤다. 그 날카로운 눈빛에 '흠흠' 하고 헛기침을 한 로반이 천연덕스럽게 말했다.

"메인 메뉴 배하고 볶음밥 배는 따로 있죠."

"흐음."

민혁은 고개를 주억이면서 크게 숟가락으로 볶음밥을 폈다. 그리고 입으로 가져갔다. 뜨거운 김에 허뜨허뜨- 하는 소리를 내며 입안으로 꿀떡 넘긴다. 고소한 참기름과 김 가루, 잘게 썬 오리고기, 채소, 밥이 만나 좋은 맛을 냈다. 그렇게 두 사람이 식사를 끝냈을 때 로반에게 알림이 울렸다.

[오리불고기를 먹었습니다.]
[6시간 동안 공격력 4%, 방어력 4%가 상승합니다.]

"……헉, 요리 버프가 생각보다 대단하시네요!"

공격력 4%와 방어력 4%는 절대 쉽게 보면 안 되는 수치였다.

감탄하는 로반을 보며 민혁은 빙긋 웃었다. 그러곤 그와 함께 강행군을 할 예정이니 이 정도쯤은 해줘야겠다고 생각했다.

"와, 이 정도 버프량이면 어딜 가든 대접받겠는데?"

그리고 로반은 착각하고 있는 게 있었다. 민혁이 버프량을 가장 높게 설정했다고. 하지만 전혀 아니올시다였다. 민혁은 가장 낮은 버프량으로 요리를 해준 거였다.

민혁은 자신에 대해 드러내면 드러낼수록 사람들이 꼬인다는 걸 알았다. 자신은 유명세를 얻고 싶어 게임을 하는 게 아니다. 단지, 맛있는 걸 먹기 위해서지. 그랬기에 유명세를 치르면 굉장히 피곤해진다는 걸 알아서 조절한 거다.

모두 정리한 후에 두 사람이 다시 사냥할 준비를 했다.

"이제 20마리만 잡으면 퀘스트는 완료되네요."

"넵."

민혁이 고개를 끄덕였다. 그런 그를 보며 로반은 생각했다.

'난 이 사람을 과소평가했었지. 이젠 아니야.'

로반은 히든 퀘스트에 대한 이야기를 그에게 해주자고 생각했다. 어차피 그는 민혁과 함께 가야 했다.

바로 그때.

[보스 몬스터의 등장!]

[절규의 언덕의 몬스터들의 능력치가 10% 향상됩니다.]

"……"

민혁과 로반의 시선이 마주쳤다.

보스 몬스터가 등장했을 때 이처럼 알림이 뜨는 일도 있지만, 뜨지 않을 때도 있다. 절규의 언덕은 준보스 몬스터가 꽤 자주 등장한다. 하지만 보스 몬스터의 등장은 처음이다.

"제가 아까 입구에서 에픽 몬스터가 나올지도 모른다고 했었죠?"

"네."

"사실 저는 거의 확정적으로 생각하고 있어요, 저희 빨리 가서 에픽 몬스터 잡고 에픽 템 먹어요!"

"넵!"

민혁의 경우 네임드 몬스터면 먹을 수 있다는 이론을 따르기에 흔쾌히 끄덕이며 빠르게 움직였다.

아레스 길드의 마스터 아레스. 무투카 클래스로서 공식 랭킹 1위를 기록하고 있는 그는 칼드에게서 온 귓속말을 보고 있었다.

[칼드: 여긴 지옥입니다. 산적같이 생긴 놈들이 저보고 예쁘대요……]

[칼드: 제발 저 좀 구해주세요……ㅠㅠ 어제 웬 트롤 같은 놈이 저한테 대장장이면 소라 아오이 인형 만들 수 있냐고 물어봤어요……. 못 만들면 널 소라 아오이라고 생각하겠다고……ㅠㅠ]

그는 쯧 하고 혀를 차며 길드창을 열었다. 그리고 칼드의 이름을 클릭했다.

"강제 추방."

[아레스 길드에서 칼드 님을 추방하시겠습니까?]

그는 끄덕이는 것으로 답했다.

[아레스 길드에서 칼드 님을 추방했습니다.]

"머저리 같은 놈. 쯧!"

아레스는 그런 욕지거리를 뱉으며 생각했다. 칼드 때문에 떨어진 이미지가 말이 아니었다.

그는 곧 길드 채팅을 확인했다.

[길드 채팅 라바: 결국 칼드 님, 강퇴네요.]

[길드 채팅 오소리감투: ㅉㅉ 강퇴당해도 싸지.]

[길드 채팅 코드: 근데 저희 대장장이 없는데 어떻게 하죠……? ㅠ]

길드 채팅은 합당하다는 목소리였다. 사실 아레스 길드에서 그러한 부정한 행위를 저지르는 사람들은 한 둘이 아니다. 정작, 길드 마스터인 아레스의 또한 마찬가지였으니까.

단지, 이것이 공론화가 되느냐 마느냐일 것이다.

'우리와 무관하게 일을 진행했다고 공식 발표해 놨고 강퇴도 했으니, 금방 잠잠해지겠지.'

고개를 주억인 아레스는 시크릿 길드에서 보내온 정보를 보았다. 시크릿 길드는 정보를 사고파는 길드로서 돈만 주면 어떤 정보든 얻어다 준다.

'레전드 길드가 영지 하나를 얻기 위한 준비 중이다……. 그 의미는 이제 곧 세간에 모습을 드러낼 것이라는 암시인가?'

레전드 길드는 비공식 랭커들이 밀집된 곳이다. 또한, 아레스는 시크릿 길드에서 보내온 정보를 통해서 다른 내용도 확인할 수 있었다. 바로 주요 간부진 내용이었다.

지니, 칸, 로크.

'베르사르 때도 비공식 랭커로 활동했던 녀석들이지.'

아레스는 그때의 기억을 떠올렸다.

베르사르에서도 아레스는 랭커 중의 랭커였다. 하지만 그때 이 세 사람과 시비가 붙었던 적이 있었다. 놈들을 쳤지만, 결과는 패배였다. 자신들의 머릿수가 훨씬 많았는데도 말이다.

'그때의 그 치욕……. 그리고 우리 길드에서 레전드 길드를

잡으면 명성도 얻을 수 있을 것이다.'

NPC들을 학살하는 것과 길드와의 전쟁은 다르다. 길드와의 전쟁 자체는 유저들이 재미 요소로 받아들인다. 아레스가 레전드를 친다고 뭐라고 할 사람은 없다. 그렇게 생각하면서 다시 페이지 한 장을 넘겼다.

문제는……

'정확한 위치를 파악할 수 없음.'

시크릿 길드의 정보력은 가히 최강. 한데, 그 정보마저도 피해가고 있었다.

'그 정도로 뛰어난 랭커가 레전드 길드에 존재한다는 거겠지, 시크릿 길드의 포위망을 빗겨 나갈 수 있게 전략을 짜는.'

아레스는 고개를 주억였다. 놈들이 몸집을 더 부풀리기 전에 잡아야 했다. 바로 그때였다.

[길드 채팅 루비: 이 사람, 베르사르 미친 사냥마 로반 아닌가요? (사진)]

한 길드원이 올린 사진. 그곳에는 붉은빛 대검을 쥔 사내와 등 뒤로 프라이팬을 찬 사내가 함께 있었다.

"뭐야, 이 프라이팬 차고 있는 놈은?"

6장
거대 좌악

아레스는 고개를 갸웃거릴 수밖에 없었다.

프라이팬을 등 뒤로 차고 있는 유저라니? 하지만 곧 생각을 뒤로했다. 다른 중요한 점이 존재했기 때문.

그것은 바로 시크릿 길드에서 나온 정보 중에 있었다. 그는 종이를 확확 뒤로 넘겼다.

[최근 베르사르의 랭커였던 로반은 아테네에서 계정을 생성하고 빠른 속도로 레벨업 하고 있습니다. 전설 클래스로 추정되는 그가 현재 레전드 길드의 길드원이지 않을까 추정됩니다.]

그 내용을 보며 아레스는 고개를 주억였다.

충분히 가능성 있는 이야기다. 그리고 로반에 대한 글을 보면서 아레스는 생각했다.

'로반을 우리 쪽 스파이로 돌려서 그들을 유인한다, 만약 그게 불가능하다면 로반 자체를 사냥하는 것도 의미가 있지.'

그렇게 되면 레전드 길드와 본격적인 전쟁이 시작될 테지만 상관없다. 아무리 소수 정예라고 해도 아레스 길드는 지금 레전드 길드가 쉽게 건드릴 수 없는 대형 길드다.

[길드 마스터 아레스: 거기 어디지?]
[길드 채팅 루비: 절규의 언덕입니다.]

딱이다. 아레스의 입가가 쭉 찢어졌다. 얼마 전에 캐릭터를 생성했다더니, 아직 레벨이 낮다. 물론 그렇다고 해서 로반을 쉬이보면 안 될 터다.

루비가 추가적인 말을 덧붙였다.

[길드 채팅 루비: 로반이라는 유저가 베르사르 때 워낙 유명해서 지켜봤는데, 왕국군 케밀한테 몬스터 사냥 퀘스트 받을 때, 다른 사람들은 전부 기피하는 요리사를 파티원으로 데려가더라고요.]

그 말에 아레스는 고개를 주억였다. 아마도 쓸모없는 유저를 함께 데리고 들어간 듯싶다. 그는 베르사르 때도 줄곧 그러한 방식으로 입장 숫자 제한이 있는 곳에 들어갔으니까.

'저 요리사는 별로 신경 안 써도 되겠군.'

딱 보기에도 이상한 녀석이었다.

[길드 마스터 아레스: 공격 9팀 현재 접속해 있나?]

[길드 채팅 힐튼: 예, 길마님. 접속해 있습니다.]

[길드 마스터 아레스: 지금 바로 절규의 언덕으로 간다. 그곳에서 로반을 만나 그에게 최대한의 것을 제시해라.]

[길드 채팅 힐튼: 최대한의 것이라면……?]

[길드 마스터 아레스: 게임을 플레이하기에 부족하지 않을 골드 지원, 아레스 길드가 보유한 사냥터 지원, 아티팩트 지원. 모두 최고로. 연간 10억 정도라고 얼추 말하면 되겠군.]

[길드 채팅 힐튼: 컥…… 10억 골드요?]

힐튼은 로반이라는 유저의 값어치를 모르나 보다.

[길드 마스터 아레스: 현금 10억이다.]

[길드 채팅 힐튼: …….]

랭커가 연예인보다 더 대접받는 시대였다. 실제로 아레스 본인만 해도 한 달 수익이 몇억을 넘어선다. 로반은 싹이 보이는 유저다.

[길드 채팅 힐튼: 근데 만약 거절하면요?]

[길드 마스터 아레스: 척살령을 내려야지^^]

웃는 얼굴로 그런 이모티콘을 보낸 아레스.

힐튼을 비롯한 9팀은 총 25명으로 이루어져 있고, 아레스 길드의 무한한 지원을 받는 유저들이다. 비록 지금은 레벨이 낮지만 추후에는 모두 국내 랭킹 1,000위 안에 들 실력자들이다.

[길드 채팅 힐튼: 현재 일곱 명 접속해 있습니다. 일단은 이 인원으로 가도 될까요?]

[길드 마스터 아레스: 그래, 일곱 명이면 충분하겠지. 혹시 모르니까, 다른 사람들한테도 접속해서 절규의 언덕으로 오라고 해. 로반은 결코 쉬이봐선 안 될 유저야.]

[길드 채팅 힐튼: 예, 알겠습니다.]

길드 채팅을 끝마친 아레스는 등받이에 등을 기댔다.

"끄아아악!"

"튀, 튀어……! 완전 세잖아!"

"미친……!"

절규의 언덕에 있던 유저들이 도망치고 있었다.

보스몹이 등장했다는 알림에 유저들은 빠르게 움직이며 보스몹을 찾아 움직였다. 그리고 무수히 많은 유저들이 레이드를 시도했다. 하지만 번번이 실패하고, 오히려 학살을 당하고 있었다.

그 중심에 있는 녀석. 그 크기는 거의 말과 비슷하다고 할 수 있을 정도로 커다란 편이었다. 쉽게 표현하면 대형 마법 오리였다. 털 색깔은 황금색이다.

푸다다다닥!

녀석이 날갯짓을 하는 순간이었다.

[파이어 레인]
[직격당할 시 대미지를 받습니다.]

화르르르륵!

도망치는 유저들의 머리 위로 떨어지기 시작한 불줄기들!

화르르르륵! 화르르르륵!

"끄아아아앗!"

"으아악."

"컥!"

파이어 레인은 3클래스 마법이었다. 3클래스 마법을 100레벨

초반의 유저가 감당할 수 있을 리 만무했다.

"이거 ×파 밸붕 이잖아!"

"근데 에픽 몬스터잖아, 에픽 몹들 진짜 잡기 힘들다곤 하니까."

도망치는 유저들을 따라 또 한 번 마법이 생겨난다.

"풰에에엑!"

[파이어 브레스]

푸화아아아앗!

황금 오리의 입에서 뿜어지는 맹렬하고 뜨거운 화염. 그 화염에 직격당한 유저들이 순식간에 잿빛이 되어 강제 로그아웃당했다.

"에픽 템이고 뭐고 튀, 튀!"

"와……. 진짜 엄청 세네……!"

그중 도망치던 옐로 유저는 마주 달려오는 사내들을 바라봤다. 도망치는 자신들과 반대로, 그들은 황금 오리를 향해 달리고 있었다.

'아까 그……?'

프라이팬을 든 유저와 대검을 휘두르는 유저.

"프라이팬 살인마다!"

"프라이팬 살인마!"

그들은 몹 몰이사냥으로 인해 절규의 언덕 안에서 꽤 유명해졌다. 프라이팬 살인마가 달리다가 드디어 황금 오리를 발견한 듯 멈춰섰다.

"우와아아아아…… 짱 큰 오리다……. 맛있겠다."

"미, 민혁 님. 지, 지금 침 뚝뚝 흘릴 때가 아닌데……."

옆에 있던 대검을 든 유저가 당혹한 표정을 지었다.

황금 오리를 보며 침을 뚝뚝 흘리는 민혁. 그가 등 뒤에 있던 프라이팬을 꺼냈다. 저 거대한 오리에게서 얻을 수 있는 맛있는 재료들! 괴식의 식신으로 고구마 전사와 미노타우르스를 먹었을 때 확실히 알았다. 괴식의 식신으로 먹는 몬스터는 분명히 일반 재료들보다 더 맛있었다.

민혁이 달려 나갔다.

"미쳐……."

그리고 그 옆에 있던 대검을 든 사내. 로반은 이마에 손을 짚었다.

'저 녀석 3클래스 마법을 자유자재로 부리고 있어…….'

일반 마법 오리나 미니 트롤과 같다고 생각하면 안 된다. 놈들의 마법과 황금 오리의 마법은 달랐다.

달려오는 민혁을 발견한 황금 오리가 그를 향해 또 한 번 파이어 브레스를 사용했다.

"꿰에에엑!"

[파이어 브레스]

푸화아아아앗!

회전하며 뿜어져 오는 맹렬한 불길. 그를 향해 달려 나가는 민혁에게 알림이 들렸다.

[전장의 지배자]
[5대 스텟이 10, 치명타율이 10% 상승합니다.]

항상 유용하게 쓰고 있는 칭호 효과. 그와 함께.

[프라이팬 거대화]

자신의 몸통 전체를 가릴 수 있을 정도로 프라이팬을 거대화 시킨 민혁. 프라이팬과 파이어 브레스가 직격한 순간이었다.

푸화아아아앗!

파이어 브레스가 프라이팬의 마법 방어력을 이기지 못하고 사방으로 분산되었다.

민혁은 한 걸음, 두 걸음 앞으로 나아갔다.

푸화아아앗!

뜨거운 화염 속에서도 프라이팬으로 막으며 전진하는 민혁.

"대, 대박……"

"저 프라이팬 가지고 싶다."

걸음을 우뚝 멈춘 유저들이 그 모습을 지켜봤다. 그리고 그 틈에 로반은 빠르게 황금 오리와의 거리를 좁혔다.

"꿰에엑!"

파이어 브레스가 먹히지 않는다는 사실을 깨달은 황금 오리가 파이어 필드를 시전했다.

[파이어 필드]

[바닥에서 솟아나는 화염에 강력한 대미지를 입을 수 있습니다.]

화아아아악!

바닥 전체가 뜨겁게 달궈졌다. 그 뜨거운 불길 속의 가운데에 있는 민혁.

"저 유저, 이제 잿빛되겠다."

하지만 한 유저의 목소리와 다르게 민혁은 대미지의 대부분을 받지 않고 있었다. 380 이상의 마법 방어력이면 사실상 4클래스 마법까지도 케어가 가능했기 때문이다.

그 틈에 황금 오리의 인근에 도달한 로반은 발밑에서 뿜어져 오는 화염에 자신의 HP가 곤두박질치고 있다는 사실을 알 수 있었다. 재빠르게 공격하고 빠진다.

[광분]
[HP가 20% 하락하고 물리 공격력이 30% 상승합니다.]

그는 한 번에 모든 MP를 쏟아부을 생각이었다. 버서커 클래스 절정의 기술!

[대검술 필살연격]
[여덟 번 빠른 속도로 대검을 휘두릅니다.]

그의 대검이 마치 레이피어를 휘두르듯 빠른 속도로 여덟 번 연속 휘둘러진다.

콰자아아악!

탱! 탱!

퀴지익!

탱!

퀴지익!

탱!

퀴지익!

공격이 들어가는 순간 황금 오리의 몸 주변으로 검은색 실드가 생성되었다. 그 실드들이 로반의 대검을 막아냈다. 여덟 번의 공격 중 허용된 공격은 단 두 번. 그 두 번마저도 단단한 갑각을 뚫지 못하고 베고 지나가는 정도였다.

"꿰에에에엑!"

콰아아앙!

오리가 날갯짓을 하며 앞발로 로반을 힘껏 걷어찼다. 그 순간 로반이 뒤로 튕겨 나갔다.

'뭔 놈의 오리 방어력이랑 공격력이 이렇게 사기적이냐!'

로반은 자신의 HP가 30% 미만까지 떨어진 걸 볼 수 있었다. 그 사이 민혁은 황금 오리의 코앞에 도달했다.

민혁이 알기로 에픽 몬스터가 잡혔던 일은 국내에서 열 손가락에 꼽히는 사건이라고 했다. 대부분은 현재 유저들이 사냥하기 힘든 난이도고, 보통 이런 놈을 사냥하기 위해선 유저 수십 명이 몰려와야 한다.

화아아악!

황금 오리는 자신을 향해 거리를 좁힌 민혁을 향해 파이어 볼을 소환했다. 불의 구 여러 개가 그를 향해 맹렬한 기세로 날아갔다. 바로 코앞에 파이어 볼이 다다랐을 때.

[스텝]

바로 옆으로 몸을 피한 민혁은 땅에 직격한 파이어 볼이 폭발하는 걸 볼 수 있었다.

콰아아앙!

그 여파가 민혁에게 튀었지만 큰 대미지를 받지 않았다.

[엘레의 검술]
[5분 동안 모든 스텟이 15% 상승합니다.]
[회피율이 30% 상승합니다.]
[치명타율이 30% 상승합니다.]

민혁은 한 번에 끝내자고 생각했다. 그는 프라이팬을 다시 등에 메고 엘레의 검을 뽑아 들었다. 사실상 로반은 그가 허리춤의 검을 뽑아 드는 것은 처음 보는 것이었다.

민혁은 난무하는 검을 사용할 땐 프라이팬보다 엘레의 검이 효과가 더 뛰어나다는 걸 알 수 있었다.

[난무하는 검]
[5초 동안 무차별적인 검의 난무에 30% 추가 대미지가 붙습니다.]

촤아아악! 촤아아아앗!
무차별적인 검의 난무가 날카로운 예기를 품고 황금 오리를 공격했다.
쩌저적-
그와 함께 황금 오리는 또다시 실드를 사용해 그 공격을 막아내려 했다. 하지만 그의 난무하는 검과 직격당한 순간.

콰지이익!

챙그랑-

단 한 번에 실드가 파괴되어 버렸다. 그리고 황금 오리의 몸 곳곳을 강력한 힘으로 난자하기 시작했다.

푸지이익!

푸지이이익!

난무하는 검은 5초 동안 무차별적인 검의 공격이 이어지는 것이다. 그것도 엄청난 빠르기로. 5초의 시간이었으나, 황금 오리가 그 공격을 감당할 수 있을 리 만무했다.

"꿰에에엑!"

결국, 놈은 비명을 지르며 쓰러졌다. 이어서 민혁과 로반에게 알림이 들려왔다.

[레벨업 하셨습니다.]

[레벨업…….]

민혁의 레벨업 알림만 자그마치 8번이었다.

민혁은 재료습득을 사용했다. 황금 오리의 고기가 민혁의 인벤토리로 빨려 들어갔다. 그의 고유의 스킬로 습득한 것이기에 로반과 분배되지 않았다.

그때 민혁은 무언가를 발견했다. 그것은 오래되어 보이는 '무'였다. 민혁은 짐작 가는 것이 있어 바로 무를 습득했다.

[파티: 로반 님이 천년하수오(1)를 획득합니다.]

[파티: 5,020,000골드를 획득합니다.]

"천년하수오……?"

정작 관심 있는 것은 민혁이었지만 획득은 로반이 했다. 로반은 천년하수오에 대해서 들어봤다.

'드랍률이 아주 희귀한 명약 아이템.'

명약의 경우 간혹 이처럼 몬스터가 드랍하기도 한다. 하지만 이는 아주 드문 경우였다. 로반은 곧바로 천년하수오를 확인해 봤다.

(천년하수오)

재료 등급: 명약

특수 능력:

• 지혜+100

• 마법 방어력+50

설명: 무와 흡사한 맛을 내는 천년하수오. 천 년이라는 시간 동안 마나를 빨아들여 자라난 천년하수오는 복용 즉시 크나큰 효과를 볼 수 있으며 일반 무보다 더 맛있다.

'호오, 지혜 100? 거기에 마법 방어력 50이라?'

마법 방어력 50 상승은 결코 적은 수치가 아니었다. 마법 방어력 자체가 꽤 귀하다. 실제로 고렙 유저들은 마법 방어력을 위해서 항마력의 반지라는 유니크 아티팩트를 구매하곤 한다. 이 항마력의 반지도 꽤 값어치 있는 녀석으로 반지 하나에 마법 방어력 50을 상승시켜 준다.

하지만 명약의 대단한 점은 바로 이것이다.

'모든 플레이어는 갑옷 두 개를 걸쳐 입을 수 없다.'

말 그대로다. 갑옷을 두 개 걸쳐 입을 수 없는 것처럼, 아티팩트란 결국에는 하나밖에 착용하지 못한다.

물론 반지나 액세서리는 예외로 치긴 하지만, 명약 자체는 착용이 아니라 '복용'의 개념이다. 10개를 복용하든, 100개를 복용하든 제한받지 않는다는 거다. 그것이 명약에 유저들이 열광하는 이유기도 했다.

실제로 항마력의 반지보다 이 천년하수오가 열 배의 값어치를 할 것이다. 그리고 그때. 민혁이 빠르게 다가왔다.

"어때요? 맛있어 보여요? 천년하수오는 어떤 맛일까요?"

기대감 어린 표정을 짓는 민혁의 모습을 보면서 로반은 천년하수오와 그를 번갈아 보았다.

그는 잠시 생각하더니 천년하수오를 민혁에게 건넸다.

"여기요."

"……에?"

"님, 드세요."

로반은 피식하고 웃었다.

사실 민혁은 로반이 팔아서 반반씩 나누자고 한다면, 그 반의 값어치를 지불해서 구매할 생각이 있었다. 한데, 로반은 너무나 선뜻 건넸다. 그래서 민혁은 잘못 이해하고 말했다.

"얼마를 드리면 되죠?"

"안 주셔도 돼요. 그냥 님 드시면 됩니다."

"헐? 진짜요?"

"네."

사실 로반은 자신이 오리를 잡으면서 크게 한 게 없다고 생각했다. 그리고 처음에 민혁이 걸리적거리지나 말았으면 좋겠다고 생각했으니, 그것에 대한 사죄의 뜻이 될 수도 있으리라.

민혁은 천년하수오를 받아 들고 활짝 웃었다.

"우와! 고마워요. 잘 먹을게요!"

"지혜 100이면 진짜 대단한 겁니다. 아티팩트를 착용해도 지혜 100을 올려주는 게 세상에 어딨어요. 거기에 마법 방어력까지…… 님 뭐해요?"

말을 하다가 로반은 멈췄다. 갑자기 민혁이 인벤토리에서 무 깎는 칼을 꺼냈기 때문이다.

잠시 멈춘 민혁과 로반의 시선이 허공에서 마주쳤다. 로반의 표정은 당혹함에 가득 찼다.

그 상태에서.

쭈우우우욱!

민혁의 칼이 물로 씻어낸 천년하수오의 껍질을 벗겨냈다.

"끄억!"

로반은 자신의 머리를 감싸 쥐었다. 이 미친놈이 천년하수오를 무를 깎듯이 깎아내다니?

"아, 아니. 님 명약은 그러면 안 되는데! 으아아아악, 큰일이다. 큰일! 저거 현금으로도 몇억은 할 텐데!"

"전 특별한 스킬이 있어서 요리해 먹어도 효과 볼 수 있어요."

"그, 그래요?"

소리를 지르던 로반은 그거참 신기하다는 생각을 하면서도 물었다.

"근데 그걸로 뭐하려고요?"

"깍두기요. 아삭아삭! 맛있겠죠?"

순간 로반은 멍하니 그를 바라봤다.

"이런 깍두기 같은 새……."

"에? 뭐라고요?"

"아, 아닙니다. 흠흠."

자신이 주었으니 사실 어떻게 하든 민혁 마음대로였다. 하지만 그가 제정신이 아닌 것 같다는 생각은 여전히 변하지 않고 있었다. 그리고 이어 민혁이 말했다.

"이 깍두기랑 순대국밥 같이 먹으면 맛있을 것 같지 않아요?"

'어?'

끄덕끄덕.

생각해 보니 천년하수오로 깍두기를 해 먹어도 나쁘지 않을 것 같기도? 어느새 민혁에게 동화되어 버린 로반이었다.

힐튼을 비롯한 길드원들은 절규의 언덕을 돌아다녔다. 그리고 쉽게 그들을 찾을 수 있었다.

'혹시 등에 프라이팬 멘 유저 어딨는지 알아요?'

그를 찾으면 로반을 찾는 것과 같았다. 유저들은 '아, 프라이팬 살인마요? 그 사람이라면 저쪽으로 갔어요'라고 알려줬다.

'프라이팬 살인마?'

힐튼은 유저들이 장난으로 놀리듯 하는 말이라고 대수롭지 않게 여기며 움직였고, 곧 그들을 발견할 수 있었다. 그들은 오순도순 둘러앉아 뚝배기 그릇에 담긴 뭔가를 먹고 있었다.

그것은 자세히 보니 순대국밥이었다. 순대국밥 안에 들어있는 내장과 돼지 머리 고기, 거기에 순대까지. 양념까지 알맞게 풀고 뜨거운 김을 모락모락 피우는 그것을 먹는 두 사람은 앞에 놓인 깍두기를 아삭아삭 씹어 먹고 있었다. 그러다 이어 프라이팬을 등에 멘 유저가 '캬햐' 하고 웃었다.

"천년하수오로 만든 깍두기 진짜 맛있다!"

그 모습을 보며 힐튼은 피식 웃었다.

"천년하수오로 깍두기를 만들어? 세상에 그런 미친놈이 어딨어?"

"맞습니다, 아마 지들끼리 재밌자고 하는 소리 같네요."

그러면서도 그들은 잠시 그들의 식사를 지켜봤다.

양념을 풀고 새우젓을 넣어 적당히 간을 맞춘 순대국밥. 밥을 잘 말고 숟가락으로 크게 퍼서 입안에 넣으면 그 뜨뜻하고도 진한 육수 맛이 떠오른다. 거기에 조금 심심하다 싶을 땐? 프라이팬을 멘 유저가 적당한 때 깍두기를 집어 먹었다. 자신들이 원하던 것이었다.

"아삭거리는 소리가 여기까지 들리는 것 같아."

"와, 순대국밥 진짜 맛있게 먹네⋯⋯."

그들은 자신들의 본분을 잊고 먹방을 지켜봤다. 프라이팬멘 유저는 이젠 아예 뚝배기를 기울여서 남은 국물을 싹싹 먹고 있었다. 설거지를 했다고 해도 믿을 정도로 먹어치운 그는 남아 있는 깍두기도 와구와구 먹었다.

그때 힐튼의 주위로 다른 길드원들이 나타났다.

"우리면 충분할 텐데, 짓궂은 것들아."

"베르사르 랭킹 1위, 로반을 때려잡는 손맛을 느낄 수 있을지도 모르는 기회잖아요?"

일단은 일곱 명이 출발했다. 하지만 로반을 잡을 수 있을지도 모른다는 소식에 아레스 길드원들이 우르르 몰려온 거다.

지금 모인 숫자만 스물다섯.

"아이씨, 이러면 완전 깡패 같잖아, 다섯 명만 먼저 가고 나머지는 일단 퇴로를 막으라고."

"알겠습니다."

힐튼의 명령에 그들은 고개를 끄덕였다.

그때 아레스에게 귓말이 왔다.

[아레스: 힐튼, 로반은 아직인가?]

[힐튼: 아, 예 길드 마스터님. 지금 막 발견했습니다.]

[아레스: 그는 지금 뭐 하고 있나? 베르사르에서 그는 '미친 사냥마'라고 불렸지, 쉬지 않고 사냥해서야. 지금도 마찬가지인가?]

다소 기대감 어린 물음에 힐튼은 흘끗 보고 말했다.

[힐튼: 순대국밥 먹고 있습니다.]

[아레스: ……응?]

[힐튼: 자칭 천년하수오로 만든 깍두기랑 같이 순대국밥 먹고 있네요. 천년하수오는 농담으로 그냥 하는 말 같습니다.]

[아레스: 천년하수오 깍두기? 이상한 소리 하지 말고. 최대한 우리 편으로 끌어들여 봐, 안 되면 알지?]

[힐튼: 물론입니다. 참, 지금 공격 9팀이랑, 8팀 인원 대부분 다 왔습니다.]

[아레스: 혹시 모르니까, 접속하면 가보라고 했더니, 전부 로반 잡아 보고 싶어서 접속한 건가?]

[힐튼: 네, 손이 근질거리나 봐요.]

[아레스: 일단은 영입하는 데 중점 둬.]

[힐튼: 걱정 마십쇼!]

[아레스: 혹시 안 되면 알지?]

'안 되면 알지?'라는 의미를 힐튼은 아주 잘 알았다.

안 된다면 로반을 이 자리에서 즉시 PK한다. 그리고 로반에 대한 무한 PK가 시작될 것이다.

그들은 걸음을 옮겼다.

어느덧 프라이팬을 멘 유저와 로반이 순대국밥과 깍두기를 다 먹어치웠을 때였다.

민혁은 케밀에게 받았던 퀘스트 조건을 모두 충족했다. 그 다음 로반과 순대국밥을 끓여 천년하수오로 만든 깍두기를 곁들여 먹었다.

[천년하수오로 만든 깍두기를 드셨습니다.]
[식신의 위대함]

[명약 페널티를 무시합니다. 단, 이는 여러 명이 효과를 볼 수 없습니다.]

[명약 요리. 추가 스텟을 획득합니다.]

[지혜 111, 마법 방어력 60을 획득합니다.]

민혁은 흡족한 미소를 지었다.

천년하수오로 만든 깍두기는 확실히 맛있었다. 본래 바로 해서 먹는 깍두기는 맛이 없는 법! 하지만 천년하수오로 만든 깍두기는 희한했다. 바로 해 먹었는데, 오랫동안 잘 익은 깍두기처럼 매콤새콤했고 감칠맛이 있었다.

그때 민혁은 볼 수 있었다. 자신들을 향해 다가오는 유저들을. 그리고 로반은 그들을 경계하는 표정이었다.

'아레스 길드……!'

근래 아레스 길드에서 레전드 길드를 잡기 위해 쫓는다는 말이 길드 채팅창에 자주 올라오곤 했다.

"민혁 님, 혹시라도 위험한 상황이라고 판단되면 곧바로 튀십시오. 제가 알아서 할 테니, 상관 마시고요."

"예?"

민혁이 고개를 갸웃했다. 곧 그들의 앞으로 다가온 일곱 명의 유저들. 그중 가장 앞에 힐튼이 섰다.

힐튼은 제법 예기를 지닌 이도류를 허리춤에 차고 있었다.

"안녕하십니까. 힐튼이라고 합니다."

힐튼은 예의 바르게 상체를 숙여 보였다. 로반은 그에 고개를 끄덕이면서도 주변의 기척을 살폈다.

'스무 명이 넘는다……. 젠장.'

그는 눈살을 찌푸렸다. 자신 하나 잡자고 이렇게 많이 온 건가? 아니면?

"단도직입적으로 말씀드릴까요, 아니면 마실 거라도 한잔하시면서 이야기할까요?"

"단도직입이 좋겠죠."

"저희 아레스 길드에서 이번에 로반 님을 영입하고 싶습니다. 로반 님께선 베르사르에서 전설이었죠. 지치지 않는 사냥꾼. 미친 사냥마 로반."

"히야, 그 망한 게임에서의 저를 아직 기억해 주는 사람이 있나요? 하지만 보다시피 저는 지금은……."

그는 어깨를 으쓱했다. 지금의 자신은 별 볼 일 없는 유저라는 기색이었다. 어느새 그는 그들이 올 때를 대비해 아티팩트 착용까지 모두 해제해 놓았다. 지금 착용한 것은 허접해 보이는 검과 갑옷뿐.

"그저 즐기려고 게임을 하고 있습니다."

그러면서도 그는 재빠르게 꺼냈던 길드 채팅창을 켰다.

[길드 채팅 로반: 아레스 길드에서 우르르 찾아왔어요. 이거 선전 포고 같네요.]

[길드 마스터 지니: 음…….]

지니는 잠시 말이 없었다.

"아하, 그러신가요? 아까는 붉은 대검과 화려한 갑주였죠. 즐기려고 한다기에는 너무 값진 아티팩트였던 것 같은데. 저희 길드로 오시면 유니크인 광휘의 갑옷 세트와 발로크의 검을 지원하겠습니다. 또한, 언데드의 숲의 사냥터를 지원해 드리고. 매월 수억 골드 이상도 포션값으로 지원해 드리죠. 이는 아레스 길마님과 합의된 조건입니다."

힐튼은 여전히 웃으며 그에게 제안했다.

그때였다. 로반의 길드 채팅이 다시 활성화되었다.

[길드 마스터 지니: 하고 싶은 대로 하세요. 로반 님.]

[길드 채팅 로반: 진짜요? ㄹㅇ? 후회 없어요?]

[길드 마스터 지니: 이미 로반 님을 찾아갔다는 건 아레스가 선전 포고한 것과 같죠. 그리고 저희도 이제 본격적으로 아테네 점령을 시작할 예정이고요. 근데 거기서 무사히 빠져나올 수 있겠어요? 지원이라도 보낼까요? 아, 절규의 언덕이면…….]

레벨이 맞지 않아 투입 가능한 인원이 없을 터.

곧이어 지니가 말했다.

[길드 마스터 지니: 혹시 함께 있는 유저는 어떤 분인가요?]

그 말에 대답하려던 때였다.
"레전드 길마님과 대화 중이기라도 한가요?"
"위저드요?"
"레전드요."
힐튼은 빙긋 웃었다. 그러면서도 빠르게 길드 채팅을 쳤다.

[길드 채팅 힐튼: 로반, 가입 의사 없어 보입니다. 엄청난 조건 제의에도 눈 하나 깜빡 안 합니다. 로반 척살 시작하겠습니다.]
[길드 채팅 민민: 그럼 옆에 있는 유저는요?]
[길드 채팅 힐튼: 그냥 같이 죽입시다. 로반은 호락호락하지 않아요. 마법사분들은 제가 신호하면 미리 캐스팅해 놓았던 마법으로 집중 공격 시작하세요.]
[길드 마스터 아레스: 결국 판이 벌어지는군.]

힐튼이 주변을 둘러봤다.
그들의 고개가 미미하게 *끄덕여진다*. 그와 함께.

[아이스 애로우]
[얼음 미사일이 상대방을 공격합니다.]
[프리즌]

[얼음의 안개가 상대방을 단숨에 얼려 버립니다.]

[검은 손길]

[급소 공격 시 25%의 추가 대미지가 발생합니다.]

[백어택]

[강한 한 방! 36%의 추가 대미지가 붙습니다.]

척척척척척!

그것은 전광석화와 같았다. 준비하고 있던 로반은 곧바로 모든 아티팩트를 다시 착용했다. 하지만 그러면서도 주변에서 대기하고 있던 자들의 쏟아지는 마법과 스킬들을 보면서 눈살을 찌푸렸다.

'이거…… 못 막는다…….'

차라리 강제 로그아웃이 나을 것이다. 그렇다면 최소한 더러운 꼴은 안 보리. 바로 그때 묵묵히 지켜보던 민혁이 번쩍 날아올랐다.

[프라이팬 거대화]

번쩍 뛰어오른 민혁의 프라이팬이 거대해지기 시작했다. 그리고 이어 프라이팬의 크기가 4m 정도로 커다래졌다.

"허억!"

힐튼이 경악한 목소리를 토해냈다. 그와 동시에 민혁에게 알림이 들려왔다.

[프라이팬을 과하게 키우셨습니다.]
[마나 소비량이 두 배가 됩니다.]

하지만 괜찮다. 로반이 양보해 준 천년하수오를 먹어 MP는 충분했다. 민혁은 사방팔방에서 날아오는 마법들과 스킬들을 향해 프라이팬을 휘둘렀다.

수우우우우우웅!

거대한 프라이팬을 휘두르자 공기를 찢는 소리 파공음이 들렸다. 그와 함께 주변에서 쏜 스킬들과 마법들이 프라이팬과 부딪쳤다.

태에엥! 태레에엥!

콰자아악! 티링!

탱!

[비매너 행위를 당했습니다.]
[베도 유저가 일시적 카오 상태가 됩니다.]
[마법 반사]
[마법 공격을 적에게 돌려줍니다.]
[비매너 행위를 당했습니다.]
[호로롱 유저가 일시적 카오 상태가 됩니다.]

[마법 반사]
[마법 공격을 적에게 돌려줍니다.]
[비매너 행위를……]

총 다섯 개가 넘는 마법들이 일제히 튕겨 나갔다. 그리고 이어 힐튼은 튕겨 나간 마법들이 마법사들에게 되돌아가는 걸 볼 수 있었다.

"크아아악!"

"끄아아악!"

그들이 비명을 질렀다.

힐튼은 주변 상황을 살폈다.

어느덧 로반이 붉은 대검을 들고 거리를 좁히고 있다.

"……저 프라이팬 도대체 뭐야!"

힐튼의 외침을 들으며 코앞에 도착한 로반이 힘껏 휘두르며 소리쳤다.

"프라이팬 살인마."

[황금의 이도류]
[일격에 20%의 대미지가 추가됩니다.]

두 개의 이도류를 빠르게 뽑아낸 힐튼이 서둘러 옆쪽으로 휘둘러지는 대검을 막아냈다.

콰지이이익!

'어, 엄청난 힘이다……!'

힐튼은 경악했다. 이 중에서 가장 실력자가 바로 힐튼이었다. 하지만 로반의 대검과 충돌하는 순간에 그 힘을 견디지 못하고 그가 옆쪽으로 날아갔다.

데굴데굴-

두 바퀴를 구른 힐튼이 몸을 일으키려는 순간 그대로 쫓아온 로반이 다시 힘껏 대검을 휘둘렀다.

퍼지익!

"크읍!"

다리를 허용당한 힐튼은 빠르게 깎이는 HP를 볼 수 있었다.

이어서 로반은 자신에게 몰려드는 근접 유저들을 볼 수 있었다. 그 숫자가 셋. 그들이 자신들의 스킬을 사용하며 쇄도해 오고 있었다.

[야수의 질주]

[무차별적으로 공격합니다.]

[파워 스트라이크]

[일격에 26%의 대미지가 추가됩니다.]

[광휘의 창]

[공격에 성공할 시 폭발합니다.]

하지만 로반은 당혹하지 않았다. 그는 신중한 눈빛으로 쇄도하는 공격들을 바라봤다.

[대검술 연격]
[네 번 빠른 속도로 대검을 휘두릅니다.]

후우우우웅!

콰지이이익!

먼저 빠르게 휘둘러 오는 크로우를 가볍게 쳐냈다. 이후 거리를 좁혀 두 번째 휘두름의 공격으로 가슴팍을 베어냈다.

푸지익!

그리고 옆에서 쏘아져 오는 이의 공격을 머리를 뒤로 젖혀 피해내고 대검의 면으로 후려쳤다.

콰자악!

"큽!"

그 상태에서 다시 머리를 향해 쏘아지는 공격을 상체를 뒤로 젖혀 피해낸 후 힘껏 찔렀다.

수우우웅―

퍼짓!

직격당한 사내가 뒤로 날아갔다. 이 한 동작이 아주 찰나의 순간에 벌어졌다.

로반은 어느덧 계속 몰려들기 시작하는 유저들을 볼 수

있었다. 그 숫자가 열 명이 넘었다. 거기에 민혁의 프라이팬 반사 공격에 당한 마법사들도 정신을 차리고 캐스팅을 준비하고 있었다.

[분노하는 검]
[강한 찌르기에 추가 공격력 50%가 추가되며 급소 찌르기에 성공할 시 총 80%의 힘을 더 냅니다.]

민혁이 로반 쪽으로 달리면서 자신을 향해 몸을 날리는 유저를 향해 힘껏 검을 찔렀다. 그는 정확히 명치에 적중했다.

푸드드득!

레더 아머를 파고든 엘레의 검. 그와 함께.

콰아아아아앙!

강력한 폭발음과 적중당한 사내가 뒤로 튕겨 나갔다.

"커허업, 마, 말도 안 돼……! HP가 무슨 한 번에 60%가 깎여……!"

"……!"

그 모습을 보는 힐튼은 굉장히 놀란 모습이다.

'저놈도 레전드 길드인가?'

그런 생각을 할 때 어느덧 민혁이 로반의 옆에 섰다.

로반은 빠르게 생각했다.

'지금 이곳에서는 승산이 없어, 아무리 우리 둘이 강한 힘을

가졌다고 해도 이 정도 수를 당해낼 수 있을 리 없어.'

방법이 필요하다. 열심히 생각하던 로반은 떠올렸다.

"죄악의 힘……!"

"네?"

"민혁 님, 지금부터 계속 저를 따라서 달려주시기 바랍니다."

"……알겠습니다."

민혁은 순순히 고개를 끄덕였다.

로반이 생각하는 것은 바로 이것이었다.

'죄악의 힘이 있는 곳에 도달하면 모두가 상태 이상에 빠진다. 하지만 나나 민혁 님은 여기 있는 놈 중에서 마법 방어력이 높은 편이다, 특히 민혁 님은 상상을 초월할 정도로 높아.'

어쩌면 그 마법 방어력이 민혁을 보호해 줄지도 몰랐다. 그리고 자신은 소모용 아티팩트인 천사의 날개를 가져왔다. 이 천사의 날개는 먹는 순간 상태 이상 면역력이 100 상승한다. 일부러 죄악의 힘과 맞서기 위해 가져왔던 것.

'그곳으로 간다.'

타타타타탓!

로반이 달리기 시작했다. 그 옆에서 달리던 민혁은 자신들을 뒤쫓는 적들을 바라봤다.

[난무하는 검]

[5초 동안 무차별적인 검의 난무에 30% 추가 대미지가 붙습니다.]

민혁과 로반을 뒤쫓으려던 무리는 볼 수 있었다. 수십 개의 잔상을 남기며 자신들을 공격해 오는 검을!

'이러한 공격은 대부분 실제 공격력보다 훨씬 더 떨어지는 효과를 발휘하지!'

켄이라는 유저가 그런 생각을 하며 뚫고 지나가려 했다.

하지만 그 순간.

[치명타가 터졌습니다.]

푸쉬이이익!

그의 몸 곳곳이 난자되며 강제 로그아웃 당했다.

"……헉!"

푸쉬이이이익!

푸쉬이이이익!

그들은 5초 동안 펼쳐지는 난무하는 검에 정신을 차릴 수가 없었다. 조금 전 켄처럼 무모하게 뛰어들면 바로 강제 로그아웃이리라!

잠시 후, 난무하는 검의 효과가 끝났을 때. 그들은 혼비백산한 채 신음을 흘리며 몸을 가누지 못하고 있었다.

"힐러들, 빨리 치료해!"

힐튼이 소리쳤다. 그 사이 민혁과 로반은 다시 빠르게 도주
하고 있었다.

[길드 채팅 힐튼: 도적들 빨리 놈들 추격해!]

[길드 마스터 아레스: 현재 상황은?]

[길드 채팅 힐튼: 길마님, 요리사가 복병이었습니다. 제 개인적인 생각
으로는 프라이팬을 멨던 유저는 요리사로 위장한 유저가 분명합니다!]

[길드 마스터 아레스: 위장이라니?]

[길드 채팅 힐튼: 요리사의 체감되는 추정 레벨이 200을 웃돕니다.
저 요리사는 분명히 로반과 함께 레전드 길드가 심혈을 기울여 키우고
있는 유저가 분명합니다!]

[길들 마스터 아레스: ······의외군. 그럼 현재 상황은?]

[길드 채팅 힐튼: 놈들이 도주하고 있습니다. 지금 놈들을 쫓고 있
습니다.]

[길드 마스터 아레스: 벌써 다섯 명이 로그아웃 당했어, 할 수 있겠
나? 두 명한테 진다면 그만한 치욕도 없다.]

[길드 채팅 힐튼: 놈들은 독 안에 든 쥐입니다.]

힐튼은 도망치는 놈들을 보며 어느덧 정신을 차린 길드원들
과 함께 달리기 시작했다. 놈들이 도망치는 이유. 그들도 승산
이 없다는 걸 알았기 때문이 아니겠는가.

'내 기필코 너희 두 명을 잡는다, 그리고 그 프라이팬을 얻어주지.'

그 프라이팬의 정확한 능력은 모르겠지만, 분명히 만만히 볼 수 있는 게 아니었다. 어마어마한 값어치를 가졌으리라.

아레스 길드가 빠른 속도로 그들을 추격하기 시작했다.

"하아, 하아."

"허억, 허억."

민혁과 로반이 전속력을 내서 달리고 있었다. 로반이 앞장서서 길 안내를 하며 달렸고 민혁은 그를 엄호했다.

수우우웅!

태앵!

푸직!

날아온 표창을 쳐내자 나무에 박혔다. 민혁은 나무 사이사이를 누비는 도적들을 볼 수 있었다.

"아직인가요?"

"거의 다 와갑니다."

로반이 안내하는 길은 갈수록 더 험난해지고 있었다.

"어서 놈들을 잡아!"

뒤쪽에서 외침이 들려왔다.

그렇게 달리던 중, 로반은 모든 것이 검은 지대를 발견할 수 있었다. 나무도, 풀도, 그리고 피어오르는 수증기마저도 검은색이었다.

'여기다……. 대마도사의 7대 죄악의 힘이 있는 숨겨져 있는 곳……!'

이 7대 죄악을 이겨내면 히든 퀘스트가 진행되는 것이다.

"여기서 멈추죠. 다 함께 들어가야 합니다. 들어가는 순간 죄악의 저주가 민혁 님에게도 저에게도 내려질 겁니다. 그리고 저놈들에게도 마찬가지겠죠."

그렇게 말하며 로반은 천사의 날개를 꺼내서 우적우적 먹었다.

[상태 이상 면역력이 30분간 100 상승합니다.]

"우웩! 더럽게 맛없네……. 죄송해요. 민혁 님 거는 없어요."

"맛없으면 안 주셔도 돼요."

두 사람은 어느덧 다시 모습을 드러낸 힐튼과 무리를 볼 수 있었다.

'숫자가 늘었다?'

추격하는 동안 숫자가 늘어 있었다. 아마도 아레스 길드에서 추가 인원이 온 듯했다. 현재 숫자만 총 서른 명. 까마득한 숫자였다.

"후욱, 쥐새끼처럼 도망을 쳐서 힘들어 죽겠군."

그 말에 로반은 싱긋 웃으며 가운뎃손가락을 날렸다.

"지금이라도 레전드 길드를 버리고 아레스 길드로 오는 건 어떻겠습니까?"

"……아레스 밑으로 들어가라고? 그 약해 빠진 새끼 밑에 내가 왜 들어가?"

로반은 너무나 당당했다.

그에 힐튼은 미간을 구겼지만 부정할 수 없었다. 로반이 성장한다면 아레스를 잡을 수 있을지도 모른다. 그 정도로 성장 가능성이 큰 이였다.

"그렇다면 당신. 당신은 어떻습니까? 현금으로 10억을 제시하겠습니다. 별거 아닐 수도 있지만, 저희는 매년 당신에게 그 정도 금액을 지불할 생각이 있습니다."

그 말을 듣고 민혁은 덤덤하게 말했다.

"진짜 별거 아니네."

to be continued

Wish Books

마왕성
플레이어

트레샤 퓨전 판타지 장편소설
WISHBOOKS FUSION FANTASY STORY

신들의 전장, 하멜.

집으로 돌아가기 위한 마지막 싸움.
믿었던 동료가 배신했다!

[영혼 이식의 대상을 선택해 주십시오.]

뒤바뀐 운명. 최약의 마왕. 그리고…….

"이번에는 좀 다를 거다!"

**어둠 속에 날카로운 칼날을 감춘,
마왕성 플레이어의 차가운 복수가 시작된다.**

Wish Books

목마 퓨전 판타지 장편소설
WISHBOOKS FUSION FANTASY STORY

"무(武)를 아느냐?"

잠결에 들린 처음 듣는 목소리에 눈을 떴을 때,
눈앞에 노인이 앉아 있었다.

"싸움해 본 적 있나?"
"없는데요."

[무공을 배우다.]

20년 동안 무공을 배운 백현,
어비스에 침식된 현대로 귀환하다!

'현실은 고작 5년밖에 지나지 않았다고?'

마운드 위의 절대자

디다트 현대 판타지 장편소설
WISHBOOKS MODERN FANTASY STORY

야구선수를 꿈꾸는 이들에게는
크게 세 가지 고비가 온다고 한다.

재능, 부상, 그리고 돈.

고등학교 2학년 때까지 야구선수를 꿈꾸었던,
그리고 그것이 자신의 인생의 전부였던 이진용.

세 가지 고비의 벽 앞에서 야구선수를 포기하고
현실에 순응하고 살아가던 진용의 앞에.

[베이스볼 매니저를 시작합니다.]
- 너 내가 보이냐?

다른 사람의 눈에는 보이지 않는
특별한 것이 보이기 시작했다.